島惑ひ

琉球沖縄のこと

島惑ひ

琉球沖縄のこと

伊波敏男

人文書館
Liberal Arts
Publishing
House

表カバー作品

桑江良健

《構成》

油彩画（80.3×65.2cm）

裏カバー写真

《きらめく光とハイビスカス》

[写真協力：てぃだぬすま宮古島]

島惑ひ◉琉球沖縄のこと

目次

＊「島惑ひ」という伊波普猷の造語を、外間守善は、「心の奥深く沈殿している『故郷』をもぎとられた悲嘆を表わしていて痛ましい表現である」と評しているが、本書表題は、この旧かな遣いに依っている。

序の章

恩納岳《うんなだき》

うわぃすーこー（三十三年忌）

信州上田の塩田平にも、やっと、早春の息づかいが感じられるようになった。その報せは冬枯れの大地を押しわけるように花弁を並べるオオイヌノフグリだが。

妻と私、そして、一つひとつの動きにもゆるりゆるりとなった老雌犬アイと、この地で迎える春も、今年で一一年目となった。

ハンセン病療養所へ向かう息子を、古典音楽の琉歌「散山節《さんやまぶし》」の……まことかやじちか……（今、目の前で起こっていることは真実なのだろうか）と、絞り出すような声で謡い見送ってくれた父も、「義安、敏男、いいか、家族はどんな時も一緒。……泣く時も、笑う時も……」そう諭された、在りし日の母も、今はいない。

「――家族か！　……そう言えば、……私は、家族捜しの旅を続けていたようなものだった」

七〇歳を目前にすると、なぜかやたらに、兄の義安にも共通する「生き方」について考えることがある。これは「気質」というより、あるいは血の筋ではないだろうかと思いが及ぶ。なぜなら、この世間との折り合いのつけ方、世渡りの要領の悪さというのは、一三〇年余り前の「琉球処分」をめぐる第十四世伊波興來《こうらい》から一貫してひきずっている気がするからである。

私の半生を振り返り、綴った手記『花に逢はん』（一九九七〈平成九〉年）を書き終わってから、はや一五年。私が私である意味と時間……。これは、今の私に手が届く「沖縄」より、はるか昔の「琉球」まで心を重ねなければ、たどり着けないのかも知れない。

伊波一族の群像から、今度は「血縁者たち」「父祖たち」の生のアイデンティティーというものを探す旅に出る。激しく変転した歴史の中での、祖先たちの人生はどうであったのか。いったい、一族の生きたあかしは何であり、かたくるしい言い方になるが、そのアイデンティティー《主体性》とは何だったのか。老いの境を越え、それなりの齢《よわい》を生きて来て、ふと、春の日溜まりのなかで、ぼんやりと思っていた。

そんな或る日のことである。

沖縄の実家の兄からの電話は、急ぎの用件をのぞき、たいがいは孫の夏生《なつき》を学校まで送り届けた後の午前八時すぎにかかってくる。

「ひとつ相談だが、本来なら今年の二〇一一年が父《おじぃ》の三十三年忌になる。そして母《おばぁ》の十三年忌も来年（二〇一二年）に迎えることになる。お寺さんに尋ねると、十三年忌の変更は好ましくないが、うわぃすーこー（三十三年忌）は弔い上げと言って、故人の最後の年忌となるから、挙行年については、それほどこだわらなくてもよいとのことだ。父《おじぃ》には申し訳ないが、あと一年我慢してもらって、母《おばぁ》の十三年忌と併せて、来年の春、三月頃に予定したいのだが、どうだろうか？」

二〇一二年三月一八日。まだ山頂には冠雪の風景を残している信州から、六時間後には、上着を脱いでしまう那覇空港に私たちは降り立っていた。

妻の繁子と一緒の帰郷は数年ぶりのことで、ひさかたぶりに実家の門をくぐった。兄と兄の長男の康は今帰仁村渡喜仁《なきじんそんときじん》の墓前に出向き、明日の三十三年忌と十三年忌を執り行なう報告をしてきたという。

法事当日の実家台所では、早朝から姪《めい》たちが、まるで電車のラッシュ・アワーのように、嬌声を上げながら来客に振る舞う料理の準備に立ち働いている。

住職の到着とともに、床の間を正面とする開け放たれた一二畳間と八畳間の居間に、伊波家の親族三十数名が顔をそろえた。

柱時計が一二の時を打つ。弥生《やよい》の風は緑色の香りを乗せて、庭から吹き抜けていた。

式台の正面に飾られている父の写真は口を真一文字に結んでいたが、母の写真はそれとは全く逆で、破顔一笑、天真爛漫、かつての元気のいい母そのものの表情を浮かべている。

寡黙で実直さが取り柄の父は、一九七九（昭和五四）年、最期は家族に看取られながら自宅で息を引き取った。享年八三だった。

母は二〇〇〇（平成一二）年、病院で人生を閉じた。享年九七。孫たちの一番人気を独占していた快活な母の最期は、実にあっけないものだった。

近年とみに周囲から「敏男は歳をとるごとに、顔つきがおじぃ（ここでは父親のこと）に似て来たなー」と、言われるようになったが、――あー、その風貌が、あと数年先の己《おのれ》の顔になるのか――と、父の写真を見つめながら、胸の中に錘《おもり》のように抱え込んでいたある思いを詫びた。

一四歳でハンセン病を発症し、それからハンセン病療養所での隔離生活を経て、生活の場を東京に得て居座ったため、父との生活の記憶は少年のときで断たれた。私の記憶の内《なか》には父の言葉の響きや仕草などは、ほとんど不鮮明である。

父が倒れたとの報で、東京から病院に駆けつけたが、私の呼びかけに反応することもなく、厚い胸板だけを規則正しく上下させている父がベッドの上にはいた。しばらくして、父の死と葬儀の日程が伝えられたが、そのとき、私の精神状態は悲鳴を上げつづけており、父の霊前に無残な自分をさらけ出す気力を奮い立たせることができず、「仕事の都合がつかない」との理由をつけて葬儀欠席の返事をした。

一四歳でハンセン病の発症を宣告された私は、沖縄屋我地《やがじ》島の愛楽園に隔離収容されていたが、療養所内には小中学校までしか併設されておらず、ハンセン病療養中の私たちが学べる高等学校は、唯一、本土の岡山県立邑久《おく》高等学校新良田《にいらだ》教室だけだった。父としては、「義務教育だけで終わりたくない。進学したい」と、懇願する息子の夢を実現させるには、いくつものハードルを越える必要があった。まず、息子をハンセン病療養所から脱走させること、そして、最も困難が予想されるのはパスポートを入手することだった（当時、アメリカの施政権下にあったため、必要だった）。高等学校の受験資格を得させるために、本州に一番近い、鹿児島県にある国立ハンセン病療養所星塚《ほしづか》敬愛園まで送り届けなければならなかった。しかし、当時の沖縄県からハンセン病患者が出国するのは至難の業であった。なぜなら、出入国管理令によってその病者が最も厳しくチェックを受けていたからである。

渡航途中で私の病気が発覚したら、息子ともども海に飛び込む覚悟を妻だけに言い遺して、一九六〇（昭和三五）年、琉球列島米国民政府高等弁務官発行のパスポートナンバー一二八七八を発行された息子を連れ、船に乗った父。

その一番気掛かりだった息子が、病が癒えたのち、その妻と子どもと共に里帰りをした折、孫をしっかり抱きしめ涙を流していた父に、どの面下げて……。

私はその時、《離婚》問題を抱えて右往左往を繰り返していた。子どもたち二人はこれからどうしよう……。やっと作り上げたはずの、私の家族は……。まるで砂の家のように脆くも崩れ落ちそうになっていた。妻も親権を失った二人の子どもたちも、私の元から消えてしまう。再び、ひとりぼっちの暮らしが始まろうとしていた。

三六歳ではじめて酒を口にするようになった私は、父の葬儀の日、西武池袋線江古田駅前のスナックで酔いつぶれていた。

そして、父の葬儀にさえ顔を出せなかった息子は、翌年の一九八〇（昭和五五）年八月から、大都会の人の波の中で、人生の迷い道をうろついていた。――無念と寂寥感――その鬱屈した感情が日を重ねるごとにトグロを巻いた。

酒が迷いの時を忘れさせてくれるものと願いながら、江古田駅前の飲み屋街を、夜ごと徘徊していた。

あの頃の無様《ぶざま》な自分を思い起こすと、父の遺影写真がにじんできた。

仏壇前の式台後方の両脇に花が飾られ、三十三年忌の儀式料理は赤や黄色の色物の食品が重箱に詰められ、両脇を菓子や果物がさらに彩りを添えている。手前正面の膳には、五穀のウブシ

(飯)、かち豆腐、精進料理、豚の血の炒め煮、酢の物が椀に盛られている。実に賑々しい。

　三月の中旬だというのに、襖を取り払われた二間つづきの部屋のガラス戸は開け放たれている。手入れの行き届いた庭の目隠しのように、五月になるとカタツムリのような紫色の花をつけるというスネイル・フラワーが軒の高さまで広がり、緑のカーテンを造っていた。その隙間を客人が居並ぶ部屋に風を運んでいた。

「では、近しい方は、前に席をすすめてください」

　常福寺安田祐勝住職がざわついている席に声を掛け、香炉に黒い板状の線香平御香《ひらうこう》が立てられた。

　兄の義安の家族を最前列に、姉たちと私が二列目に座を占め、その後ろ側にそれぞれが膝をすすめた。

　線香の煙と香が座敷から廊下に流れ出している。住職の凛《りん》とした声が部屋の空気を圧した。

「先請彌陀《ぜんしょうみだ》入道場《にうどうじょう》　不違《ふい》弘願《ぐぐわん》應時迎《おうじこう》　觀音勢至《くわんのんせいし》塵沙衆《じんじゃしゅ》　從《じゅう》佛《ぶ》乘華《じょうけ》來《らい》入會《にゅうかい》
　本日ここに伊波興光三十三年忌にあたり　有縁の同胞集いてこの法縁にあいたてまつる。惟《おも》うに、如来の本願はわれらの業苦を悲しみてあらわれたまい、無碍《むがい》の光明は群生の無明《むみょう》をみそなわして照らしたもう。これによって罪深く悩み多きわれら、大悲の願船に乗じて生死《しょうじ》の苦海《くかい》わたらしめらる。

　それでは、参会者は前に進み出てご焼香をお願いします」

　焼香と合掌がつづく。耳には読経がつづいていた。

「……設我得佛《せつがとくぶ》　国有地獄《こくうじごく》　餓鬼畜生者《がきちくしょうしゃ》　不取正覺《ふしゅしょうがく》　設我得佛《せつがとくぶ》　国中人天《こくちゅうにんでん》　壽終之後《じゅしゅしご》　復更《ぶきょう》三悪道者《さんまくどうしゃ》　不取正覺《ふしゅしょうがく》……　南無阿弥陀佛《なまだぶ》　南無阿弥陀佛《なまだぶ》　南無阿弥陀佛《なまだぶ》……」

「どなたか重箱の料理をお箸で裏返してください。済みましたら重箱の料理は下げてください」

兄嫁の貴美子さんがその声に従った。

「三十三年忌の最後になります。ウチカビ（紙銭）を燃やします。ウチカビにはあの世のお金が打ち抜かれています。たくさんのウチカビを燃やして、無縁の仏さんたちにお土産が持ち帰れるようにしてください。歳まわりからしても三十三年忌の儀式は、次世代の若い人たちが執り行なうことになるでしょう。これまでの儀式の進行を、しっかり記憶に残しておいてください」

甥《おい》の康がつぎつぎとウチカビを燃やしつづける。

そして、式台に新しい重箱が供えられた。よく見ると赤いかまぼこが白のかまぼこに替えられていた。これで母の十三年忌の開始となった。

「それでは、これから伊波ウシ様の十三年忌にあたり、亡きひとを偲びつつ　如来のみおしえに遭いたてまつる　それ、阿弥陀如来は久遠《くおん》のいにしえ　われら凡夫のため大悲の本願をおこしたまい　われらのすくいを誓いたまえり　釈尊　世に出でまして　如来の悲願を説きたもうや　世世の高僧これを承け継ぎ　正法《しょうぼう》を明らかにし　宗祖　親鸞聖人　したしく教行信証《きょうぎょうしんしょう》をあらわにして　本願の正意を顕彰したまえり　われら今　宿縁のもよおしにより　真實のみおしえに遭いたてまつり　慈光のうち　歓喜の日々に生く　いま　法会に値いて　報謝のおもい　いよいよ新たなり　あいとも　如来大悲の恩徳をあおぎ　師主の遺徳をよろこび　つつしみて報恩の大行

にいそしまん　敬って白《もう》す。……設我得佛《せつがとくぶ》　国中菩薩《こくちゅうぼさつ》　承佛神力《じょうぶじんりき》　供養諸佛《くようしょぶ》　一食之頃《いちじきしきょう》　不能《ふのう》偏至《へんし》　無數無量那由他《むしゅむりょうなゆた》　諸佛国者《しょぶつこくしゃ》　不取正覺《ふしゅしょうがく》……南無阿弥陀佛《なまだぶ》　南無阿弥陀佛《なまだぶ》　南無《なま》……」

三十三年忌と同じようにウチカビが燃やされ、すべての儀式が終わった。

そして一《いち》段落の後、親類縁者の参会者がつぎつぎと焼香に訪ねてくる。その都度、席を改めた訪問客の前には膳が運ばれ、近況を語り合い、四方山《よもやま》話に花を咲かせる。その来訪客は延々、夜の八時すぎまでつづいた。

沖縄を離れて生活する私にとっては、そのほとんどの縁者の関係性を教えてもらわなければ認知はできず、やはり、今の私にとって故郷は遠い存在だと思い知らされた。

しぃーみぃー（清明祭）

三十三年忌と十三年忌の来客が絶えたあとの実家では、台所から女性たちの笑い声が聞こえてきた。私は居間で久しぶりに兄の義安と二人だけで酒を酌み交わしていた。

「兄さん、大仕事ごくろう様でした。まず、慰労の酒を注がしてください」

仏壇をお守りする長男の大事業にも似た役割を済ませた兄の顔には、安堵の表情があり、琉球ガラスの盃《グラス》になみなみと注がれた泡盛を一気に飲み干した。

「いやー、敏男こそ遠いところを、ありがとう」

自然保護運動に関わる市民運動をしている兄には、やんばる（山原。本島北部、国頭《くにがみ》村、今帰仁《なきじん》村、本部《もとぶ》町、恩納《おんな》村、金武《きん》町を含む自然が多く残っている地域）の山を守る運動、基地問題、枯葉剤問題、新たに原発問題など、ゆっくり自宅でくつろぐ時間もないぐらい、つぎつぎと問題が持ち込まれていた。久しぶりの酒の席でも、つい、二人が関わっている市民運動に話が及び、悲憤慷慨《ひふんこうがい》の言葉は声高になっていく。

「父《おじぃ》と母《おばぁ》の法事を務めながら、ふと思いついたことだが、どうもわが伊波一族には、ある気質が流れているような気がする。伝えられている琉球処分時代からそうだが、代々のご先祖の生き方を見てもそう思える。わが一族の特質なのかなー、総体的な表現をすれば「反権力」、世間一般の言い方では世渡りが極めて不器用。その血筋はどうも、君にも私にも引き継がれている気がする」。一息入れるかのように、兄は泡盛を注いだ。蛍光灯の光が緑色の盃《グラス》を浮き立たせている。兄の口から出た気質の流れ、私というより私たちの気質とは……どのようなものだろうか、兄は話をつづけた。

「それで、思いついたのだが、今、沖縄はこんな状況だろう、だからこそ余計に、我田引水かも知れないが、この一族がたどってきた不器用な生き方は、あるいは逆に真《ま》っ当《とう》ではなかったのかと思える。なぜ、これほどまで頑固に琉球にこだわったのか、きっと世間からは、没落士族の頑迷さを笑われたと思うよ。それでも、こだわり続けた琉球とは、いったい何だったのか……。それでだなー、どうだ、敏男、もうひと踏ん張りして、こうしたことをまとめてみないか」

驚いてしまった。まさか、兄からこんな課題を投げかけられるとは……。まるで弓矢で的を射ぬかれた気がした。なぜならば、琉球旧士族の生きた時代とその生き様を、私の系族を例として記録することこそが数年前から、まるで酵母菌が菌糸をのばすように、私の胸中に広がっていたからである。しかし……その思いは揺れつづけていた。

「……でもねー、琉球処分以降の伊波一族を書くとなると、時代を百数十年もさかのぼらなければならない。一般的な琉球の歴史は、今ではほとんど完璧なまでに文書として整理されているが、こと、私家《うち》の史実記録などは戦災でほとんど焼失してしまい、何ひとつ残されていない……。琉球処分時代となると、第十四世伊波興來《こうらい》（一八五〇～一九〇三）までたどらなければならない……」

私は、「私」を超えた時空間を書き誌《しる》す糸口さえ見つけられず、逡巡している自分の言い訳を口にしていた。

「それもそうだが、記憶を伝承する人も、ひとり去り二人去りで、次第にいなくなっていく。わが家系は名家でもないし、とりわけ歴史に何かを遺した一族でもない。でも、だからこそ余計にだ、なぜ、わが先祖たちは、それほど琉球にこだわり、あえて時流に逆《さか》らう道を選んだのか。これはどう考えても間尺に合わぬ選択だ。私はそれを愚鈍なまでの矜持《きょうじ》そのものだったと思う。今生《こんじょう》、こだわることがこんなにも軽々しい価値となったからこそ、それを書き遺してほしい。ヤマトの沖縄の扱いを見てみろ、まるで足蹴《あしげ》だねー。それでも、どうだ……この時だからこそ、このテーマは意味を持っている。痩せ蛙の精いっぱいの背伸びみたいなものだ」

「……」

あまりに重い問いかけに言葉が見つからず、箸をのばして島ラッキョウを口にした。梁《はり》に張りついているヤモリが、チッ、チッと、私の返事を催促しているかのように鳴いた。

「……もし、書くとなると、歴史の背景は史実に基づいてなぞれるが、伝え聞いている人物像の断片をひとつひとつ拾い上げ、つなぎ、創作の世界で膨らませるしかない。でもなー……」

兄は泡盛を飲み干すよう促した。泡盛は喉元から熱い流れを引きつりながら臓腑に一気に広がる。空《あ》けられた盃《グラス》に、また新たに注がれた。

「それを書くことは敏男のなすべき責任とも言えるし、また、君にしかできない」

酔いの所為《せい》なのだろうか。耳朶《じだ》から伝わってくる鼓動が早鐘のように響いてきた。

「祖父《おじい》の興用からだって、百数十年の時間幅を追いかけるわけだから、結構、骨が折れそうだなー……。歴史の研究者でもない自分が手掛けるにしては大きな冒険になるなー。そうだなー、でも、想像力を駆使することによって、琉球やわが一族に再び生命《いのち》を吹き込むことができれば、おもしろいかも知れないなー。ところで兄さんは、親父《おやじ》からわが伊波家の歴史などを聞かされたことはあったのか?」

「いや、全くなかった。何しろ、親父《おやじ》は早朝から夜遅くまで、働きづめだったからなー、子どもたちを前にして、昔話を語り聞かせることなど、とても、とても。時間などとれなかったと思うよ……。親父《おやじ》は少しの時間も惜しむように、手が空けば三線《さんしん》を弾いていたし……。でも、親父《おやじ》にとっては、あの一刻《ひととき》だけが唯一心が安らいでいたんだろうなー……。人づてには、親父《おやじ》は祖父《おじい》の借金のために、言葉に表せないほどの苦労をさせられたと聞かされているが、不思議なことに、親父《おやじ》自身はそのことについて一言も口にしたことはなかった。祖父《おじぃ》も四九歳で早世したから、私たちは祖父《おじぃ》が生きている時のその人となりは、何ひとつ知らないわけだ。ただ、祖母の口《うんめー》を通して聞かされていることに、戦争前の恩納村役場には、祖父興用《おじぃこうよう》の論語の書の扁額が飾られていたそうだ。調べてみると、『論語　巻第七　子路第一三　二五』だったらしいが、戦災で焼失してしまったらしい」

「その書の話は、ぼくも聞いた覚えがある」

長野に戻ってからの毎日は、蔵書を引っ張り出し「琉球処分」前後のできごとに関する資料を読みふけっていた。しかし、材料不足の限界は否めず、沖縄でなければ確かめられない、いくつかの資料調べが必要になった。そのため帰郷する旨を兄に伝えた。

「それなら、四月二一日に「しぃーみぃー（清明祭）」を予定しているから、それに合わせて帰ってきたらどうだ」

そう言えば、故郷を離れて五二年、一度も「しぃーみぃー」に参加していないことに気づいた。その祀りは清明期の吉日を選び、門中墓（むんちゅーばか）や自家墓に親戚が集い、線香や花と重箱に詰めた料理をお供えする。墓庭に持ち寄られた重箱がならべられ、泡盛が振る舞われて酒宴がはじまり、ときには歌・三線も奏でられる。まさにご先祖の霊とその子孫たちが年に一度、墓前で会する大ピクニックの様相にも似ている。

わが伊波家の墓は今帰仁村渡喜仁《なきじんそんときじん》にある。この墓は一九四八（昭和二三）年、父興光《こうこう》と墓造りを専門職としていた義弟久場兼徳《くばけんとく》の指導を受けながら、もうひとりの義弟米須清福《こめすせいふく》の三人で、数カ月をかけて岩盤を掘り拡げて造り上げた掘貫墓（ふぃんちばか）である。このあたりの墓は沖縄中南部で目にする亀甲墓《かめこうばか》（かーみぬくーばか）は少ないのが特徴である。琉球の男の甲斐性とは、現在は順位が逆転しているが、かつては自家墓をまず造り、それから家を建てることであった。

父は突然、義弟の兼徳と清福を自宅に招いた。

「恩納村に仮葬している祖父《おじぃ》興用をお迎えする墓を造りたい。土地は渡喜仁《ときじん》で手に入れた。手間賃はそれほどはずめないが、墓造りを手伝ってほしい」

墓造り業者の兼徳が口を開いた。

「やっちぃー（兄、目上の尊称。ここでは私の父を指す）、渡喜仁は石灰岩の岩盤だから墓を造るには上等な土地だが、手掘りの作業だから大業《わざ》になるなー。でも、やっちぃーの頼みとなると、最優先して手助けさせてもらう」

琉球列島は九州から台湾に至る三重の地質でつながっている。外側は宮崎県都井岬から種子《たねが》島、喜界《きかい》島を経て、沖縄本島南部島尻、宮古、八重山の南側をかすめ波照間《はてるま》島に至る扁平第三紀層からなる。中央部は鹿児島大隅半島から屋久島、奄美諸島、沖永楽部《おきのえらぶ》、与論島を経て、沖縄本島国《くに》頭《がみ》地方、宮古、八重山の北部を貫いて台湾までのびる古生紀岩層によってなる。琉球弧のもう一線は霧島火山脈の桜島よりはじまり、硫黄島などの各所の活火山および休火山として現われ、新火山岩層の地質となって、台湾北端へと至っているという。（『沖縄県国頭郡志』国頭郡教育部会編）

長姉米子の記憶によれば、人骨が野山にさらされたままになっていた沖縄戦直後で、毎日、墓造り現場までお茶と煮芋を届ける役割を担わされて、その地への行き帰りがどんなに怖かったことか、と述懐していた。

「お母《かぁ》は、ぶつぶつさぁー。生き残った家族の食べ物さえ充分でない最中に、もー、お父《とぉ》は何を考えているのかねー」。母は大いに不平を鳴らしていたという。

父が手がけた大仕事の掘貫墓の造営は、道具類のすべてを手作りし、正面の松の幹にロープを掛け、テコの原理を活用して、丸太の先に自動車のスプリングを延ばして焼き込んだ鑿《のみ》をくりつけ、古生紀石灰岩を掘り進めていったという。

墓の入り口は東方を向き、幅約六〇センチ、高さ九〇センチほど開けられているが、普段はふさがれている。墓の中は大人の背丈ほどの高さで三畳ほどあり、二段の階段に厨子甕と骨壺が並んでいる。厨子甕は火葬が普及する以前の名残で、三年忌から七年忌の間に、墓から出された骨を頭蓋骨から順番に酒に浸した布できれいに拭き、甕には足の骨から上半身へと納め、最後に頭蓋骨を乗せ、蓋がされた。この儀式は主に女性たちによってなされた。

石垣で囲まれた墓前には六畳ほどの庭がついているが、墓の完成時には墓前に正座した父が、三線《さんしん》を奏でながら朗々と謡ったという。

土も引き美らさ《ちゅ》石も引き寄せて、一期吾《いちご》が思ひ詮《せん》や立ちゅさ

（土も美しく敷きつめられ　石も巧みに積み重ねられ　吾がなすべき生涯の思い　ここに成し遂げることができた。この歌は「かぎやで風」［かぎやで風節は、めでたい祝宴の座開きに踊られる。御前風《ぐじんふう》とも言われる。昔、琉球国王の御前で演奏される音曲からつけられた名称である］の曲に乗せて謡われる）

昨日までの雨空が晴れ渡っていた。渡喜仁の伊波家の墓の前には、子や孫たちの家族が分乗してきた車が列をなし、それぞれ鎌や箒を手にして、騒がしく墓まわりの掃除をしている。そして、墓の入り口の両脇には、こぼれんばかりの白百合や菊が孫たちの手で生けられ、重箱が捧げられる。そして、参加者全員に配られた平御香《ひらうこう》に火をつけ、合掌して「しぃーみぃー」の墓前での祀りごとがはじまる。姉兄や甥、姪、その子らも墓前に顔をそろえ、子どもたちは大人たちからうながされて、口々に「うーとぅーと、うーとぅーと（御先祖を崇《あが》めたてまつる言葉）」と、声を上げながら小さな手を合わせている。十数本の平御香《ひらうこう》から上りたつ煙が西風に流されていた。古くから伝わる血縁で結びつく祀りごとは、やはり未来へつながっていく。

第19ゲート

「敏男、祖父《おじぃ》たちが屋取《やーどぅい》していた場所に興味はあるか？」

「屋取？　それって、山野を開墾して生活の場（集落）にしたことだろう？」

「そうだ、恩納村のアメリカ海兵隊の射爆訓練基地のキャンプ・ハンセン内にあったらしい」

「アメリカ軍の基地内だろう。その中に入れるの？」

「久場小《くば》（ぐぁー）の健ちゃん兄さんを知っているだろう、そう、従兄弟《いとこ》の健ちゃん兄さんだよ。キャンプ・ハンセン内に耕作地を持っていると言っていたから、あるいは、基地内に入れるかも知れないなあ。連絡してみるよ」

キャンプ・ハンセン基地は、金武町《きん》、恩納村《おんな》、宜野座村《ぎのざ》、名護市《なご》にまたがる五万一四〇四平方メートルの広大な占有面積を持ち、第三海兵遠征軍が装備する火器すべてを使用する実弾演習場である。恩納村から金武町までを結ぶ県道104号線を封鎖し、金武岳、ブート岳、恩納連山を砲弾着弾地にして、実弾砲撃演習が繰り返されていたが、県民の生命の危険や相次ぐ山火事の発生によって演習反対運動が起こり、一九九七（平成九）年から東富士演習場や日出生台《ひじゅうだい》演習場（大分県中部）など全国に分散され、訓練が継続されている。現在の基地機能は、二〇〇五年から都市型戦闘訓練施設として存在し、二〇〇八年から陸上自衛隊は共同訓練施設として使用するようになった。

兄が運転する車は、沖縄本島東シナ海側に位置する恩納村安富祖《あふそ》に向かっていた。先ほどまでの驟雨《しゅうう》は駆け足のように去り、雲間をこじ開けた夏の日差しが、降り散らした雨滴を照葉樹林から天空に吸い上げ、恩納岳（三六二・八メートル）の山裾に靄《もや》をたなびかせていた。

古《いにしえ》の琉球では黒髪豊かにして漆黒のごとく、その丈は地に達する、を美人の条件と称していたそうだが、稜線を覆うように埋め尽くしている木々の枝葉は、洗い髪を風にゆだねている女性の立ち姿のように匂い立っていた。

「健ちゃん兄さんが案内してくれる。でも、残念だがゲート内には地主以外は立ち入れないそうだ。祖父《おじい》たちが暮らしていたあたりの説明は、ゲートの外から金網越しになるが、それでもいいよな」

それでもいい。できることなら祖父《おじい》（伊波興用のこと）が掘っ立て小屋を建てたという、恩納《うんな》岳《だき》の頂上部近くの跡地まで登ってみたいと願っていたが、それはあきらめるしかない。祖父《おじい》が失意のどん底時代を送ったという一帯が、どのような景色を描き、どのような風が吹き渡っているかを、自分の五感に染みこませるだけでも充分だと思った。

伝え聞かされていることは、――あの興用さんが、急に、なぜ？　まるで、人が違ったようだ――と、あまりの変わりように周囲を驚かせたという。それはまるで素面《しらふ》の自分に戻るのを恐れるかのように、酒瓶を手放すことがなかったからである。

――いったい、その時、祖父に、何があったのか？　――私の興味は益々膨らんだ。

鍬、鎌など握ることは不得意の手で大地に挑んでも、行き着く先は目に見えていた。生活の糧を得るすべは、屋根材に使用される山原《やんばる》竹の採集や薪炭を切出し、山猟などで、わずかな現金を手にするしか道は残されていなかった。

やはり、その地、恩納村安富祖《あふそ》の地に立たなければ、私が書きたい「わが系族」の小さな歴史を記録化しておこうという構想の糸口にたどり着けない。

従兄弟《いとこ》の健ちゃん兄さんとの待ち合わせ場所は、国道58号線沿いの松崎商店前である。

久場健さんの先祖も士族屋取者《やーどぅいしゃ》として、私たちの祖父たちと同じ山上の地で、肩を寄せ合うように暮らしていたが、沖縄戦後は山を下り、この安富祖で暮らしたという。それでも子どもの頃の記憶は鮮明で、その地の説明なら充分にできるという。そのうえ、先祖代々の耕作地がキャンプ・ハンセン基地内にあり、射爆訓練が激しかった頃は、アメリカ軍が休みになる週末を選んで耕作地に入っていたが、今は天気次第で耕作地に入り、マンゴーやパッション・フルーツの手入れをしている。

「あれっ、すでに健ちゃん兄さんは来ているなー」

クラクションを鳴らすと、軽乗用車の脇に立つ健ちゃん兄さんは手を上げた。

「健ちゃん兄さん、ごめん、待たせたかねー」

「いやー、さっき着いたばかりだよ。やー、敏男さん、久しぶりだねー、元気そうだねー」

私は車を降り、お礼の挨拶と、今回、お願いした趣旨を手短に話した。

「それなら、なおのこと、残念さぁ。できることならねー、あなたたちのオジィの屋敷跡まで案内できたら良かったのに、フェンス内には耕作地主以外は入れないことになっている」

「いやー、構いませんよ。その近くまで行ければ」

「それでは行ってみるか。義安、私の車についてきて。先ほどの雨で道はぬかるんでいるが、安富祖用水路に沿って山に向かうから」

轍《わだち》の残った農道は、ハンドル操作を誤ると車は揺れた。一五分ほど走り、金網がはりめぐらされた手前の空き地に車は止められた。

車を降り健ちゃん兄さんについていくと、ゲートナンバー19と呼ばれる入り口に着く。鉄の門にチェーンロックが掛けられ、南京錠で施錠がなされている。

車を降りた兄が指差した先に目をやると、野牡丹《のぼたん》の紫紅色の花弁が日差しを受けて咲きそろっていた。

「敏男、見てごらん、この辺りは樹木にからまって蔓類が伸び、その下側にシダ類が群生する。沖縄は最低温度でも五度以下になることがないから、木々の葉は落葉しないで、年中葉を茂らせている。落葉しないということは腐葉土を作れないことになるんだ。だから、沖縄の森林は大地から養分を吸い上げるだけで、土に枯葉を積もらせ腐葉土として返すことがない、そのため、沖縄の山の土壌はやせている」

収奪するだけで返すことをしない。これって、何かにそっくりだなー……と、つい、あらぬことを考えた。

左側の金網には看板が掲げられており、近づいて文字を読むと、英文、日本文併記で次のような文字が読み取れた。

――**米国海兵隊施設**　無断での立ち入りは禁止されており、違反者は日本の法律によって処罰されます――

「基地内に耕作地を持つ全員が基地内に入れるわけではないんだ。フェンス沿いに耕作地を持つ一部の地主、それも耕作地に入れるのは、あくまでも米軍の黙認ということになっている。耕作地に入るときは、村の役員から鍵を受け取り、開錠して基地内に入るんだ。畑作業が終わると施錠し、鍵を返すことになる」

健ちゃん兄さんは、カバンから恩納岳一帯のモノクロ空撮写真を取り出し、車のボンネットに広げて説明をはじめた。

「この写真は、アメリカ軍が撮影した戦争直後の空撮写真らしい。だから、その頃の安富祖周辺がよくわかる。ここね、ここが、今、私たちが立っている場所になるわけよ。この右側の安富祖川は、今はコンクリートの用水路に整備され、まっすぐ海にまでのびているが、昔は蛇行していて、水量も豊かで上等な川だったけどねー」

写真には海岸線が湾曲し、海岸に沿って現在の国道58号線が白い線で写っている。谷間《たにあい》に広がる安富祖集落の家並みが肩を寄せ合うようにかたまり、恩納岳から石川岳に連なる山並みも鮮明に見えていた。

「健ちゃん兄さん、砲弾射撃訓練が激しかった頃は、この近くを実弾が飛んでいたの？　その砲撃演習が一番激しかったのは、いつ頃まででしたか？」

「一九七〇（昭和四五）年から一九七五（昭和五〇）年頃までが一番激しかったかな。頭の上をシュルシュルと音がして、あの向こうのふたこぶの形をした山が見えるだろう？　そこがだいたい着弾地になっているわけさぁ。着弾すると煙があがり、そして、少し遅れてドーンと音が聞こえてくる」

「この一帯の屋取《やーどぅい》集落は、首里や那覇から流れて来た士族たちが主だったの？」

「そう。このゲートから一〇〇メートルぐらい中に入った、安富祖川沿いの一番手前が、田崎屋と言ったかね、その並びに、五、六軒の家がかたまっていた。ブート岳の尾根筋に向かう左側の道を登っていくと、二軒目に私の久場家があった。あなたたちのオジィ（祖父興用のこと）の家は、そこからまだ一四〇メートルほど登って、一番上から二軒目だったと思うよ」

「健ちゃん兄さんたちは、ここでいつごろまで暮らしていたのですか？」

「ここでの生活は大変だったからさぁ、戦争が終わってから山を下りるようになった。それから安富祖の里で生活するようになった。一番の苦労は、飲み水の確保が大変だった。この写真のここ、ここの沢まで、それも水汲みは一日に何回もさぁ、水汲みで反対側の沢まで登り下りしなければならなかったというからねー……。あなたたちの家は山頂部にあったから、今、考えると、毎日のことだから、いやー、並大抵の苦労ではなかったと思うよ」

「戦争が終わって、すぐに自分たちの耕作地が米軍基地に接収されますね。軍用地としての借地料は、いつからもらえるようになったの？」

「当初は何の保障もないさ。復帰前になって、やっと、アメリカ民政府から一方的に軍用地料が支払われるようになった。でも、一坪、年間たったの五セントだった。うーん、年間さぁ、だから、笑い話のように土地代でコーラ一本も買えないと言われているのは、そのことを言っているのさぁ」

「ところで、日本復帰後の軍用地料の平均レートは、そのころ、いくら位だったんですか？」

「いきなりエーキンチュ（大金持ち）になるぐらいの軍用地料さぁ」

そう口にしたかと思うと、健ちゃん兄さんは大声を立てて笑った。

「冗談！　冗談だよ。畑地評価の軍用使用料で、三・三平方メートル当たり、年間でたったの日本円の一四〇円さぁ。それが、アメリカーたちが査定した軍用地料になっていた。それはまたある意味で、彼らから見る沖縄そのものの価値、モノサシとも言えたんじゃないの」

そう言い切って、冷ややかにも見える薄笑いを浮かべて、健ちゃん兄さんは、フーッと大きく息を吐いた。

　フェンスで囲まれた内側の山裾で枝を広げている広葉樹の枝葉を風が渡っていた。大きな楠の木陰から、いきなり、歌い上げるような鳥の囀《さえず》りが届いた。

　――ピュー・ピョロロ　ピョリ　ピューピョリ　ピー・ピーヨ　ピッ　ピッ　ピッ　ピー　ピピリ――

「兄さん、今、鳴いているあの鳥、何という鳥？」

「あれっ、珍しいなー、こんなところまで迷い込んできたのかなー。あの澄んだ鳴き声からすると、ホントウアカヒゲだが、いやー……」

　私にも足音を立てないように注意をうながしながら、耳をすましていた。

　――ピ　ピ　ピ　ピ　ピョロロ　ピョリ　ピュー・ピョリ　ピー・ピーヨ　ピッ　ピー・ピピョリ――

「アカヒゲは七色の鳴き声をすると言われている。あの挑むような鳴き声は、間違いなくホントウアカヒゲだ。いやー、珍しいなー……、これ、間違いなくアカヒゲ独特の鳴き声だ。これまで数え切れないほど山に入っているが、この恩納岳で聞けるとはなあー。もっと北部の国頭《くにがみ》村ではよく耳にするが、珍しいよ。これはきっと、敏男を出迎えるために、わざわざ歓迎の南下をしてくれているに違いない」

　森を渡る風のそよぎが、木漏れ日を揺らしている。木々の間から上を見上げると、重なり合った枝葉の隙間から澄み渡った青空が斑模様《まだらもよう》のように見え隠れしている。戦に痛めつけられたこの山野はわずか半世紀で、自分たちの居場所に根を張っている。

この佇まいの中に身を置いて、耳を澄ましながら、失意のまま四九歳の人生を終えた祖父を思い浮かべていた。人は逆境にある時、ふたつの選択肢が突きつけられる。立ち向かって新たな道を切り拓くか、それとも押しつぶされたまま、生気を少しずつ捨て去っていくかである。

わが祖父興用は、漢籍や書や三線、そして松茂良泊手（空手）の鍛錬もすべて捨て去り、その手には酒瓶をぶら下げていたという。耳に届くアカヒゲの鳴き声が、私には祖父の悲鳴にも聞こえた。

こうして、私の伊波一族一五〇年をさかのぼる、生の証し《アイデンティティー》を探す旅の第一歩は、恩納岳《うんなだき》に分け入ることからはじまった。

壱の章　かたかしら（欹髻）

ヤマトはわが御主《うしゅ》にあらず

那覇市泊《とまり》は大通りから中に入るほどに古い家並みを残し、庭木もよく手入れが行き届いている。この街はかつて、わが先祖が琉球王朝の滅びのときを見守った地である。

「番地で言うと、確かにこの辺りだがなー」

私たちは、カーナビ（自動車経路誘導システム）が装備されていない兄の車で、入り組んだ地図を睨みながらの目的地探しに苦労していた。

「敏男、携帯電話を貸してよ。迷ったら、従姉妹のシズ姉さんに電話をするように言っておいたから」

とうとう車を止め、電話で訪問先に確認をとっていた。

「目の前に郵便局があります。えー、そうです。そうですか、じゃあ、ここで待っています」

間もなく小太りのシズ姉さんが手を上げながら車まで近づいてきた。誘導されたのは数軒先の三階建ての住宅である。

挨拶を済ませ、線香を上げさせてもらう。兄からはすでに今回の訪問の用件については電話で伝えられていたが、改めて、私から訪問の趣旨を説明し、伊波家の系図を見せてもらった。

袱紗《ふくさ》に包まれた系図が目の前に差し出された。各宗家（むーとぅやー）で管理されていた系図原本のほとんどは戦災で焼失してしまい、戦後、時代が落ち着きを見せると、士族《さむれー》の末流たちは、競い合うように系図の再作成に取り掛かった。もちろん、私が目にした伊波家の系図もその類をまぬがれない。

兄と私の生き方にもよるが、自分たちの門別出自について、これまでまるで関心がなく、一度として那覇市泊《とまり》の中 宗 家《なかむーとぅやー》（次男腹の本家）を訪ね、線香を上げたことはなかった。しかし、今回、私の試み――いわば、個人史の記録化とも言うべき主題で取り上げようとしている人々は、すべてその系図のなかで連なって記録されているのである。

琉球から沖縄へと激動する時代に、翻弄されながら生きた琉球泊士族、雍姓《ようせい》伊波一族を知るには、どうしても系図（家譜《かふ》とも言う）を自分の目で確かめる必要があった。

琉球王国の身分制度は、一六八九年、系図座《けいずざ》（琉球王朝の行政機構の諸役所・座のひとつ）が創設されることによって確立された。さらに士族《さむれー》は琉球王朝譜代と新参士族に整理され、士族は始祖から代々の生没、業績を記した系図を二部作成し、一部は系図座に提出して管理され、一部は国王印を押印されたものを各家で管理継承された。その後の士族への参入認知は、国家への功労者に与えられたが、その他、王府へ多額の献金をなした者へも士族の身分が与えられた。これを買士族（こういさむれー）と呼ぶ。

首里王府は、支配階級内の秩序を維持するために身分を細かく定め、王の下には王子や按司《あじ》・親方・親雲上《ぺーちん》を置き、領地を与え知行を与えた。また、首里王府官人層が王府内の要職を独占し、その下には支配の実際にあたる士族を配した。上層の士族は脇地頭となり、領地や知行が与えられる者もいたが、下層の士族は、役職に就けば役俸だけが与えられ、身分階級は世襲である。
(『沖縄県国頭郡志』国頭郡教育部会編)

歴史的価値や真実性には疑問符がつくが、わが伊波家系図の書き出しはこのようになっていた。

――元祖を佐敷《さしき》筑登之《ちくどぅん》親雲上《ぺーちん》興道《こうどう》となす。伊波家　雍姓泊《ようせいとまり》士族大宗・泊系雍姓元祖興道は、首里雍姓二世の三男興良《こうりょう》の長男である。興道は尚寧《しょうねい》王の信望が厚く、王命により瀬長城討伐のとき、瀬長城城主は城攻めの大将が興道であることを聞き、城を明け渡した。興道は独身が長く、尚寧王は側室を賜り、生まれたのが真鶴《まづる》姫である。男子に恵まれず、本家首里雍姓大宗二世興房《こうぼう》の次男興和《こうわ》が真鶴姫の婿養子となり、興道の名跡を継ぐ。大宗伊波興道は一六〇九年の島津侵攻時、北谷城《ちゃたんぐすく》で首里城陥落の報せを受け自刃して果てた――

その系図には、父の代までの氏名、生年月日まで詳細な書き込みがなされていたが、兄と私の代からは、性別のみ横並びに表記されていた。これは兄義安の系譜への関心度を示しているともいえる。なぜならば、中宗家《なかむーとぅやー》へのお参りは、大体において年に一度は行なうのが習わしで、仏壇に線香を上げることと、系図に書き込まれる新しい情報を伝えるためにも必要なこととされている。係累で言えば私たちの代は第十七代目に相当する。

本書の舞台は、「琉球処分」(一八七九)から現代までの約一三〇年余りの物語である。

泊士族の曾祖父第十四世伊波興來《いはこうらい》は、一八五〇(嘉永三)年に生まれ、一九〇三(明治三六)年、五三歳で没している。断片的に伝えられていることは、興來は幼い頃より才走り、七歳で村学校、一五歳から平等《ひら》学校所で講談、文筆、算術を学び、その傍ら、空手を松茂良《まつもら》興作《こうさく》に師事していたという。一六歳から国学（琉球王国の最高学府）で講談学生として入学し、四書五経、唐詩合解、二十一史（史記、三国志の歴史書）等を七年間修学し、二二歳で卒業したとある。卒業後三年間は泊地《とまりじ》頭《とう》（泊間切《まぎり》の行政と硫黄鳥島を管理した）の下で務めを果たし、その後、首里、泊士族のみに許されていた首里王府の官吏任用試験の右筆科試《ゆうひっこうし》の書筆（御家流）に合格して職場の書院・中城殿（なかぐすくうどぅん）で文書事務にあたった。しかし、その位階は中位であったという。

当時は男性の婚期は二〇歳前後が一般的だったらしく、国学在学中に泊士族中一番の出世頭と称される泊地頭容氏《ようし》末娘真牛《もうし》を妻に娶《めと》っている。子は興任（一八七三生）を筆頭に、私の祖父興用（一八七五生）、興道（一八七七生）、サト（一八八二生）、興宣（一八八五生）、興晶（一八八九生）、ウト（一八九八生）の五男二女をもうけている。

一八七一（明治四）年、日本国では明治維新後、最大の国家体制の変革と言われる廃藩置県が施行される。藩や大名が消滅して、武士たちは職務を失うという急激な社会変動が起こった。当初、琉球国は薩摩藩の隷属下におかれていたが、一八七二年には外務省の直接管轄下に変更された。そのとき、外務卿副島種臣《そえじまたねおみ》（一八二八〈文政一一〉～一九〇五〈明治三八〉）は、――琉球の国体政体は永久に変更せず、清国との関係もこれまでと同じで変更しない――との言質を琉球に与える。その上、「琉球国王尚泰《しょうたい》を藩王となし、叙して華族に列する」という別格処遇を提示していた。琉球国王府は、明治政府のこの一連の対処法から、――これまでの支配関係が薩摩藩から明治政府に変わるだけ――と、明治政府による琉球国「王国体制」解体へ向けてのプロセスであることを完全に読み違えてしまった。

そして、一八七九（明治一二）年の「琉球処分」を迎えることになった。

明治政府の階段を一歩一歩のぼるような用心深い対応方の背景には、琉球側の強い抵抗と琉球に対する宗主権を主張する清国との外交問題を回避するねらいがあり、琉球国をただちに自国へ統合することをさけたのである。

一八七一（明治四）年一〇月、ひとつの遭難事件が発生する。首里王府への宮古島の貢納船が那覇からの帰路、台風で遭難して台湾南部の屏東県パイワン族（明治政府は高砂族と称した）が住む近くの海岸に漂着する。上陸した宮古漁民は牡丹郷に迷い込むが、言葉が通じなかったこともあり、村人は彼らを侵略者の偵察隊と誤解した。乗組員のうち五四人が殺害され、一二人は逃げのびて漢人に助けられ、翌年、清国経由で琉球に送還された。

この台湾遭難事件の報告を受けた明治政府は、事件発生から三年後の一八七四（明治七）年、好機到来とばかりに、この事件を最大限に活用する。

廃藩置県後の日本国内には、各藩士族たちの処遇をめぐる不満がマグマのように吹き出す前兆が各地に現れていた。その後、一八七六（明治九）年の神風連《じんぷうれん》の乱（熊本）、秋月の乱（福岡）、萩の乱（山口）、その翌年には、国家存亡の危機とも評される西南戦争が実際に勃発することになるが、その不満のエネルギーを国外に逸《そ》らす必要を国内事情として抱えていたのである。

事件発生を受けた日本政府の対応は、ただちに動いた形跡は見えない。その間、三年間の時間差があるが、ここに、この事件をめぐる歴史評価のヒントが隠されている。

まさにおっとり刀然と、日本国は、「日本国の領民である琉球人が殺害された」と、遭難事件の責任を清国に問いただした。この抗議に対して清国は、「台湾は未開の蕃地《ばんち》で、清国の政令、教化が及ばない化外《けがい》の遠地である」と回答し、この事件について取り合う姿勢は見せなかった。

この言質《げんち》を得た日本政府は、台湾征討を旗印にする西郷従道《つぐみち》陸軍中将（一八四三〈天保一四〉～一九〇二〈明治三五〉。台湾蕃地《ばんち》事務都督。のちに文部、陸軍卿などを歴任）が率いる兵三六〇〇人余を長崎に集結させる。

この動きにイギリス、スペイン、オランダ、アメリカなどの諸国から抗議を受け、政府は、台湾出兵の延期を命じた。しかし、西郷従道は政府命令を無視して出兵してしまった。政府の意思が一司令官に全く無視されたのである。これは、その後の中国における関東軍の暴走によく似た構図と重なる。西郷司令官にとって、不満士族たちの暴力エネルギーの爆発先に、いまさら歯止めはかけられなかったのである。

押し寄せてきた日本軍に、装備で劣るパイワン族は激しく抵抗したが、三〇人余の犠牲者を出して降伏することになる。

イギリスの調停によって、清国政府に五〇万両の賠償金を支払わせることでこの事件は決着するが、この台湾出兵は日本国にとって大きなメリットを生むことになった。そのひとつが、琉球は日本国領土であることを清国や他諸国に認めさせたこと。そして、その後のアジア侵略の足がかりを作り出したことである。(『高等学校　琉球・沖縄史』沖縄歴史教育研究会／新城俊昭著)

明治政府は琉球藩の完全な内国化をすすめるため、最後の仕上げにとりかかった。一八七五（明治八）年、書記官松田道之《みちゆき》（一八三九～八二）を処分官として琉球に派遣し、琉球藩に以下の七項目にわたる政府の命令を伝えた。
（一）　中国への進貢と冊封（中国の皇帝から琉球国王の承認を受けること）をやめる。
（二）　明治の年号を使用する。
（三）　藩政を改革し、位階の職制を日本国内なみにする。
（四）　刑法を日本国式に改め、この刑法研究のために三人の役人を上京させる。
（五）　学問研究のために、青年留学生一〇人を上京させる。
（六）　尚泰《しょうたい》王（一八四三〜一九〇一）が謝恩のため上京する。
（七）　守備隊を駐留させる。
琉球側は（四）（五）（七）項の要求は即座に受諾するが、その他の事項については、言を左右に嘆願活動を繰り返し、その執行を引き延ばすばかりであった。その上、アメリカ、フランス、オランダ各国公使へ救国請願書まで出すようになり、この問題の国際化をおそれた政府は、一気に琉球処分を断行することになる。


一八七九（明治一二）年三月二七日、松田道之処分官が指揮する官吏三〇余人、巡査一六〇余人、歩兵三〇〇余人が首里城に乗り込み、藩王と官吏たちを集め、最終通告の令達書が読み上げられた。いわゆる武力を背景とする強制的併合が、ここに断行されることになる。

「琉球藩を廃し、沖縄県となす。旧藩主尚泰とその一族は三月三一日をもって首里城から退去すること」（『琉球処分以後』上、新川明著）と。

梅雨の前触れの季節を迎える首里城の郭内外は、いつもの茫洋とした空気に変わり、触れるだけでもはじけるような緊張感に包まれていた。門衛はヤマトから来た白地の制服制帽に剣を吊るした巡査が固め、その背後にはこれまで見たこともない歩兵たちが並び、琉球人の城内への立ち入りは厳しい規制を受けていた。

泊《とまり》士族の曾祖父伊波興來《いはこうらい》、その時、二九歳。夜が明けきらぬうちに、泊地頭《とまりじとう》のわざわざの来訪を受ける。そして、三司官からの命令が伝えられた。「本日、必ず王府に出仕すべし」。命令を伝え、足早に去る泊地頭を門まで見送った興來は、それから仏壇の前で膝をそろえ、身じろぎひとつもせず合掌の姿勢を崩さなかった。

申の正刻（午後四時）を告げる崇元寺《そうげんじ》の鐘の音で立ち上がった。しかし、はじめて王府からの命令に服さず、その足をたまうどぅん（玉陵・陵墓）の墓前に向けた。

三月の落陽は足が速い。夜に入ると侍婢たちの悲鳴と泣き声が城内に上がり、提灯を掲げる士族百数十人に前後を警護された、尚泰王、一夫人とその子息たち（伊江王子ら）の駕籠が、守礼門から綾門大道（あやじょううふみち）へ連なって出た。付き従う士族《さむれー》たちの顔は泣きぬれ、中には号泣しながら列に加わっている者もいる。道の両側には騒ぎを聞きつけてきた商人や農民たちが、押し合いへし合いをしながら物見遊山の視線《まなざし》で見送っていた。

興來はひとりで闇に包まれたたまうどぅん（玉陵・陵墓）の墓前で、首里城を追われ中城御殿に入る尚泰王の行列を平伏して見送っていた。――わが琉球が滅ぶのを前にしながら、我ら、ただ手を拱《こまね》いて、ヤマトの無道を許すか‼――

興來の心中には怒りが沸き立ち、両のまなこからは大粒の涙がしたたり落ちていた。

その後、間もなくして尚泰王は東京へ連行され、琉球は完全に天皇の国家へ併合されることになる。ここに五百余年続いた琉球国は終焉を迎え、琉球王国は解体されてしまったが、清国はこれを認めず、琉球問題の調停をアメリカ前大統領グラント（一八二二〜八五）に依頼し、この問題は外交交渉の場に移されることになる。グラントの「清国国内における列強国並みの経済利権を得るのが得策」という助言を日本政府は受け入れ、琉球に関する日清両国間の紛議は、グラントの融和勧告に従ってすすめられることになる。

締結されていた日清通商条約には、列強国に比べ「最恵国待遇の不平等」があり、日本政府はその調停案を最大限に活用して、一八八〇（明治一三）年、琉球問題と経済利権の拡大を同時に図る目的で、清国に対し分島・増約案を提示したのである。

（一）沖縄諸島以北を日本領とする。

（二）宮古・八重山諸島を清国領土とする。

（三）右記二項を認めるかわり、一八七一年に締結された日清修好条規に、日本人が清国国内で欧米諸国と同等の通商ができるように条文を追加（増約）する。

当時、清国はロシアとの国境紛争も抱えており、この「分島・増約交渉」は一応妥結にこぎつけるが、一八八一年二月、条約調印の段階になって清国側は調印をためらい、結局、この外交交渉は棚上げされてしまった。その後引き起こされた日清戦争（一八九四〜九五）の日本国の勝利によって、琉球の帰属問題は自然解決し、琉球国は完全に日本国領土となった。（『高等学校　琉球・沖縄史』沖縄歴史教育研究会／新城俊昭著。前掲『琉球処分以後』上）

「明治政府は、……一貫して琉球が古来日本の一部であり、その『処分』は『内政』上の問題であるとして……強引に『廃藩置県』を断行し、版図に統一した。国家の体面と『国権』の前には、いかなる反対も抗議も無用であった。しかるに、同じ政府のもとで、『改約』の代償として宮古・八重山の同胞が他国へ売り出されようとしていたのである」（前掲『琉球処分以後』上、六二頁。金城正篤「明治維新と沖縄」『沖縄県史』第二巻より）

それから約六五年後の太平洋戦争敗戦後の一九四七年九月二〇日付で、昭和天皇の顧問、寺崎英成からマッカーサーＧＨＱ司令官へ、天皇のメッセージが伝えられた。「寺崎氏は、天皇はアメリカ合衆国が沖縄とその他の琉球諸島を継続して軍事占領することを希望していると述べた。天皇の考えとしては、そのような占領は合衆国に益をもたらすとともに、日本の保護にも寄与するものであろう（以下略）」（マッカーサー元帥のための覚書。連合国最高司令官政治顧問ウィリアム・Ｊ・シーボルトが、寺崎を通じて天皇の見解としてまとめたメモランダム。原史料は米国国立公文書館蔵。なお、複写資料は沖縄県公文書館の収集・所蔵である）

この二つの歴史的事例から見えることは、日本国の都合によって「琉球沖縄」は、いつでも切り捨てられるカードであったということである。

泊のわが家にもどった伊波興來は、身を清め、首里王府より差し下された銀簪《ぎんかんざし》で、かたかしら（欹髻、琉球士族の髪型。髪を頭の頂部で巻き二本の簪を挿してまとめる。琉球の身分位置は簪によって区分され、上級士族は金、花金径銀、一般士族は銀、平民は銅）を結い直し、仏壇に向かって手を合わせていた。仏壇にあげられた平御香《ひらうこう》の煙が、天に駆け上るかのようにまっすぐ伸びている。

六歳の興任、四歳の興用、興道を抱く母真牛《もうし》が、間もなく仏壇間の二番座に呼び集められた。妻と幼児たちにとって父の泣き腫《は》らした顔を目にするのは初めてのことである。居住まいを正して父の言葉を待った。

興來は自分の胸板をたたきながら、腸《はらわた》から絞り出すような声で、幼いわが子らに言い放った。

「わが息子たちよ、肝に銘じよ。ヤマトはわが御主《うしゅ》やあらん!! わが魂のうやふぁーふじ（祖先）は、この胸中にあり!!」

荒地をひらく径《こみち》

明治政府は琉球処分によって旧士族層を再編したが、急激な改変政策をとらず、一時、旧慣《きゅうかん》温存《おんぞん》政策をとった。その理由は新支配体制への旧支配階級の助力、日清関係、地方管理体制確立のためであった。しかし、日清戦争後は、日本国家体制一元化へ向けて、諸制度は着々と改革が推し進められるようになった。

旧琉球王府役人たちは、大和政府が差配する新支配機構の沖縄県庁職務に就くことを拒否して官職辞退が相次いだ。そのため、たちどころに行政機能はまひ状態に陥ってしまった。旧王府役人たちは「琉球処分」への抗議と日本国への不服従の姿勢を、このような形で示したのである。旧王府の役人たちは「日本国の命令を奉じ、官禄を受ける者は首を刎《は》ねる。日本政府の命令を拒否したため処罰を受け死亡した遺族には、共有金によって扶助する」との誓約書に血判まで押し、抵抗運動を強めることになる。

この不服従運動は旧王府官僚から地方役人にまで及び、新県庁側は不服従の役人たちを逮捕・拘引し、服従を強要する拷問などのきびしい弾圧を行なった。

わが曾祖父の第十四世伊波興來（一八五〇〈嘉永三〉～一九〇三〈明治三六〉）も官職辞退を申し出た。まわりの旧王府役人たちがつぎつぎと引き立てられていく中、何故か興來の元にはしばらく喚問状が届けられず、その後は、自宅にこもり漢籍に目を通す日々を送っていた。

家の周りには探訪人《たんぼうにん》（密偵）の姿が目立つようになり、時折、門内を覗き込んでいるのが目につくようになった。

旧盆のうーくい（先祖の霊送り）を済ませた翌日のことである。

突然、三人の警官が邸内になだれ込み、朝食を済ませ、書斎で漢籍を開いていた興來に飛びかかった。その日の興來は、なぜか捕縄で後ろ手に縛りあげられるままに、何ひとつ抵抗することもなく、警官たちのなすがままに従っていた。

玄関の板の間には、妻真牛《もうし》が何ひとつ表情を変えることなく正座している。土間には、祝い事にしか履かない草履が揃えられていた。草履を履く指に力を入れながら見上げている妻の視線に、静かにうなずいた。腰縄で引き立てられていく興來の後ろ姿に、妻は深々と頭を下げた。

拘留を解かれ自宅に戻されたのは、それから一〇日後である。両脇を抱える警官の二人は、興來を玄関の土間に放り投げるようにして横たわらせ、一言も発することもなく去った。

興來の顔は赤黒く腫れ上がり、目はふさがっていた。汚れた衣服を脱がせると、背中と太ももにはいく筋もの撲跡《ぼくせき》が見られ、その何カ所かは傷口が開いていた。

子どもたちを、妻に命じて興來が伏せている居間には一切近づけさせなかった。床上げはそれから一週間ほど経ってからである。

床上げをした興來は、空手衣に袖を通し、渾身の力で帯を締めた。そして、ヒンプン（家の門の内側にある内外の仕切り塀）の前に立ち、南に位置する崇元寺《そうげんじ》に向かって手を合わせた。

久しぶりに庭先に立った素足裏の土が、まとわりつくように指先を迎えた。そして、静かな口調で「拳法八句」を唱えた。

人心同天地（人心は天地に同じ）　**血脈似日月**（血脈は日月に似たり）
法剛柔呑吐（法は剛柔を呑吐し）　**身随時應變**（身は随時應變す）
手逢空則入（手は空に逢えば則ち入る）　**碼進退離逢**（進退は碼《はか》りて離逢す）
目要観四向（目は四向を観ることを要す）　**耳能聴听八方**（耳は能く八方を聴听す）

足を外八文字に自然立ちの姿勢を正し、右足で蹴り上げ、一旦その蹴り足を引き、その右足を軸足に踏み出し、蹴りと両手突きを、ゆっくりとした所作で松茂良《まつもら》流の空手の型、パッサイとナイファンチの型を演じた。

ハッ！　ハッ！　と息を吐いた。その裂帛《れっぱく》の気合いが、早朝の庭先から伝わってくる。

その後の興來は、以前にも増して口は重くなり、何かに取り憑《つ》かれたように、自らの子どもたちの訓育に全力を傾けるようになった。長男興任の机が一番座（床の間あり、仏壇間は二番座）に用意され、翌々年、六歳に達した次男興用の机も並べられ、二人は正座して父の入室を待った。

この父から子への教育は、三男の興道、四男の興宣まで続けられるが、一二歳の中学入学をもって、各人、自家塾（のちの誠魂塾）からは卒業となる。それは、父のゆるぎない確信に基づくものだった。もともと、「いろは」や算術の基礎しか教えない大和式教育に信を置いておらず、幼少時から注ぎこんだ思考の基礎教育は、自らの手で直接行なっており、その後、どのような教育を受けようとも、子どもたちの思考は少しも微動しないとの、父の狂信的とも思われる確信によるものであった。

父が座敷に現れるのを合図に、子どもたちは一斉に畳に手をつき、声を上げた。

「よろしく、ご教導をお願いします」

机の上には和綴じの「論語」が開かれており、子どもたちは論語巻第一から巻第十までを父から伝授された。まず、前日学んだ編を、一人ずつ声を張り上げ暗唱させられる。ただし、一人でも暗唱が不出来であれば、その日は先の編にはすすめない。その教え方は素読《そどく》にはじまり、字解、字義、熟語の講義とつづき、書写で終了となる。時には、突然、前日学んだ編への意見を、名指しされた者は披瀝しなければならなかった。その日も子どもたちの素読の唱和が家中に響き渡っている。

子曰、不患無位、患所以立、（子曰く、位なきことを患《うれ》えず、立つ所以《ゆえん》を患う）
不患莫己知、求為可知也、（己れを知ること莫《な》きを患えず、知らるべきことを為すを求む）

論語の学びが終われば、各自で墨を磨《す》り、王羲之《おうぎし》・献之《けんし》楷書の教則本を手本に、書の鍛錬が行なわれた。この自家塾は正月の三日間、しぃーみぃー（清明祭、三月清明の節）、盆の三日間だけが休みとなり、子どもたちへの父の直接教導は夜の八時をもって終了となる。そしてやっと、夕餉《ゆうげ》が許される。

翌朝の午前五時半には、武芸初めの六歳に達した子どもたちは男女を問わず庭先に並んだ。空手衣に身を包み、松茂良《まつもら》泊手《とうまいでぃー》の型と組手を朝食前の日課として鍛錬させられるのである。まさに伊波家の子どもたちは、朝夕、文武の教練に追いまくられていたことになる。

父興來は自らの子らに、公的役務への任職を一切認めなかった。

興來の長男第十五世伊波興任は、生来が腺病質で、伊波一族にとって誇りにしていた剛毅さからは遠く、父親からすればその温和な性格には、物足りなさを感じていた。

次男興用の性格も、親類縁者の言葉を借りれば、「興用の血筋の男性は、おしなべて気心が優しい」と言われていることからも、二人とも父親が期待する性質ではなかったことが窺える。

ただし、二人とも首里中学で学び、学問の才に優れていたと伝えられている。三男興道の気性は剛にして激しやすく、空手の使い手としては、兄弟の中では一番秀でていたという。

父興來は、長男と次男には、何かを恐れているかのように、自分の目の届く範囲でしか外部との交流を許さず、父の部屋で共に漢籍の研究に精進することを指示していた。

ただし、父は三男興道の学問の才には見切りをつけたのか、学問以外で世に尽くすことを望んでいたらしく、中学入学を前にした興道を、中国留学で医師となっていた仲村渠《なかんだかり》道久師宅に預けた。その家から中学校へも通わされ、仲村渠《なかんだかり》医師が薩摩と清国から持ち帰った、漢方医学書の筆書と整理のための書生見習いを兼ねた学生となった。

当時の琉球の医学の状況について記すと、琉球王府は薩摩や中国に毎年多数の医学留学生を派遣し医師の養成にあたっていた。留学期間は七年間とし、漢方医学の習得に当たらせた。そのため琉球国では漢方医学が発達することになった。近世琉球の医学留学先の特長は、中国に比べ約二倍が日本国であった。医学修学のほとんどは自費留学であったため、費用準備への留意がその理由としてあげられるが、中国留学を目指す者も、まず基礎を薩摩で学び、その後に中国へ留学することが一般的な選択となっていた。

一八三七（天保八）年、西洋医学が伝えられるようになると漢方医学は下火となり、次第に西洋医学が主流となった。一八八三（明治一六）年、日本国では医師免許規則が施行され、沖縄にもその規則が適用されたが、県内の医師免許授与者五六人は、すべて漢方医であった。このことからも、沖縄における漢方医学の位置が読み取れる。漢方医学にとって鍼灸術は、治療にとって重要な柱となっていたが、一八七四（明治七）年に制定された医制では、当初、正規の医療から除外されていたため、視力障害者にとっては職業を失うことになり、新たな問題が生じることとなった。これらの対応策として一八八五（明治一八）年、鍼灸按摩術と共に医療として認められるようになる。同じ年、沖縄でも医学講習所が設立されるが、地方において資格取得が必要な営業取締法があることは一般的に知られることなく、三男興道は正規の医師と区別したやぶー（やぶ医師）と呼称されながら、一般社会の病気治療では、身近な医療者として重宝されていた。

水盤の諍《いさか》い

「琉球処分」後の沖縄では、旧支配階級が「開化《かいか》党」と「頑固《がんこ》党」に分かれ、それぞれの政治信条によって相争うようになってしまった。

一般的には、親日的で新政府に協力的な勢力を「開化党」と呼び、あくまでも旧態の琉球国の存続を望むグループを「頑固党」と称しているが、その「頑固党」も清国帰属のみを求める派と日清両属を望む派に分かれる。前者をくるー（黒）、後者をしるー（白）と呼称しているが、それはそれぞれが標識にした「色」に起因している。

その動きは明治政府による「琉球処分」の二年前からはじまっていた。

名代里之子親雲上《ぺーちん》、幸地親方朝常、伊計親雲上《ぺーちん》は、国王尚泰の密書を携え清国に向かう。その密書は琉球国の存続を大国清国へ請願するものであったが、その後も清国への幻想を抱く一部の士族たちは、琉球を脱出して清国へ渡る者が相次いだ。その人たちを「脱清人《だっしんにん》」と呼ぶ。現在の同義語では「政治亡命者」である。

第十四世、曾祖父、伊波興來も頑固党の一派に加わっていたが、希求していたことは日清両国の関係を以前のまま保つ琉球国の存立である。頑固党の分類からすれば、しるー（白）に属していたことになる。その政治信条は、旧慣温存（古い制度をそのまま残し、急激な改革はひかえる）を第一としながら、結局は旧士族支配階級の保身に関心を持つ、きわめて保守的な立場をとっていたことになる。

職務を辞した興來にも、旧琉球藩庁役人の動静を探る探訪人の監視の目は光っていた。しかし、時折、深夜に塀を越えて家を空け、早朝に帰宅することがあった。

その一方、旧琉球藩支配士族たちの非協力や清国支援に幻想を持つ一部の士族たちの妨害を受けながらも、新政府の沖縄統治政策は着々とすすめられていった。

まず、平民も士族同様に名が与えられるという四民平等が喧伝され、行政区画の再編成、土地制度の改革と税法改正、その中でも特に、教育制度の改革は重点的に取り組まれた。

一八八〇（明治一三）年に、教員養成のための師範学校を設置し、旧藩の国学を県立中学校に、平《ひら》等学校所や村学校を小学校にそれぞれ改め、新しい教育制度をスタートさせた。それを沖縄の人たちは大和《やまと》学校と呼び白眼視し、当初は入校生を確保するのも困難な状況にあった。

これまで一般庶民の教育は、実用的な読み書き算勘《さんかん》（算術・そろばん）を中心に村学校で行なわれていたが、修学者は一部の者に限られており、これまで教育を受けるのが困難な状況にあった一般庶民の子弟にも教育の場が用意されたことになる。いわゆる大和学校でもっとも力を入れたのが、標準語（日本語）の教育であった。

「一八九七（明治三〇）年の就学率を見ると三六・七九パーセントに過ぎないが、一九〇七（明治四〇）年になると、小学校で学ぶ生徒数は六万二千人（就学率九二・八一パーセント）まで到達し、翌年、小学校が六年制と義務教育が二年延長されたことにより生徒数はますますふえて、一九二七（昭和二）年には、学校数一五二校、生徒数九万二千人（就学率九八パーセント）となり、沖縄における義務教育の完全達成は目前となった」（『琉球の歴史』仲原善忠著）

その後、女子の高等女学校や農学校、水産学校、工業学校が設立され、中等教育の整備もすすめられた。これで日本国への同化教育の基盤が確立されたことになる。

新政府による沖縄県内の諸制度が整備されるに従い、庶民の生活は琉球王国時代に比べ次第に安定するようになる。民情の安定は、旧支配層たちが奔走している国体騒乱を影の薄いものにしてしまうが、それを決定的にしたのが、日清戦争の日本国の勝利であった。

一八九五（明治二八）年、澎湖《ぼうこ》諸島と台湾の割譲、戦費賠償金三億円の支払い、清国内の通商貿易の利権を戦勝国の日本国は得る。

この結果、「頑固党」が描いた、清国の救援を得て琉球国を再び存続させるという強国清国への夢が揺らぎはじめ、三つ巴となって混沌としていた沖縄県内の政情は、次第に幕が引かれていく。

この政争の終息は、国体としての沖縄は完全に「天皇の国家」へ併合されてしまったことになる。

「琉球処分」に対する評価はふたつに分かれる。ひとつの評価は、琉球の平民にとっては旧藩支配からの「解放」であったとする。一方で、旧士族支配階級の抵抗運動を、特権を守るための闘いであったとする歴史評価がある。この特権階級の権益護持との評価について、新川明氏は『琉球処分以後』（朝日選書）のなかで、この抵抗は新政府＝ヤマト＝薩摩という長年に渉って培われた反感と不信感が根底にあったと書き記している。同書に極めて興味深い神山庸由《かみやまようゆう》が語った記述がある。神山庸由の父、庸忠《ようちゅう》は一八七九（明治一二）年の「琉球処分」直後、ヤマトによる琉球国統合の反対運動のため、三人の同志とともに清国へ渡った「頑固党」のひとりである。

　神山庸忠は祖父庸栄《ようえい》の言葉を伝書として残しているが、その記述を読むと、琉球国を取り巻いている状況分析と、その後、琉球がたどるであろう未来予測を、庸栄は見事に言い当てている。少々、長文になるが引用する。（前掲書、上、六六頁）

「日本ハ中世、政権武門ニ帰シテヨリ王道クズレテ覇道行ハル。サキニ徳川氏ノ覇府ヲ倒シテ王政復古シ、天子親政シ給フト称スレドモ、廟堂ニアリテ権ヲ握ル者ハ諸藩ノ武士ナリ。三条、岩倉等ノ廷臣ハ傀儡《かいらい》タルニスギズ。而シテ武士ノ棟梁タル者ハ薩藩ナリ。

　ソレ薩人ノ我ニナセル苛歛誅求飽クコトヲ知ラズ、我ガ君臣ヲ辱カシムルコト言フニ忍ビザルモノアリ。薩ノ領導スル政府ノ、我レニ施サントスル所、マタ知ルベキニシテ、何ンゾ仁政ヲ望ミ得ンヤ。然リ而シテ日本王政後ト雖モ、覇道ヲ改メントセズ、親政未ダ幾モナラザルニ朝鮮ヲ討タントシ、マタ台湾ニ兵ヲ出セリ。

　按ズルニ日本ハ小国ナリ。己ノ力ヲ測ラズシテ、シキリニ兵威ヲ以テ四隣ヲ脅シ、猥リニ武断ヲ以テ八荒《（ママ）》ニ対センカ、日本カナラズ敗ルルノ日来ラン。彼敗レテ自カラ危キニ至レバ、我ヲ棄ツルコト弊履《へいり》ノ如クナルベシ。我アニ手ヲ拱《こまね》キテ政府ノ命ニコレ遵イ、イタズラニ好戦ノ犠牲ト化シテ日本ノ為メニ売ラルル有ルノ愚ヲナサンヤ。宜シク旧制ヲ護持シテ王道ヲ顕揚シ、以テ社稷ノヤスキヲ図ルベシ。

汝、危急存亡ノ秋《とき》ニ際会シテ士節ヲアヤマルコトナカレ。」（ルビは筆者）

琉球処分時の琉球の人口は約三一万人と言われている。そのうち、地方役人まで含めた旧士族人口が約一〇万人を占めていた。なんと遊休人口比が三二パーセントに上るいびつな社会構造である。狭隘な島国であり、その上、生産性の低い琉球国の平民の暮らしが、いかに苛烈なものであったかが窺える数字である。

琉球の士族層は、有禄士族と無禄士族に分けられる。有禄士族は三六〇人程度で、全士族の約九五パーセントが無禄士族であり、任職にありつける保証もなく、ただ奉職の機会が来るのを待つばかりであった。

さて、わが伊波興來に話をもどそう。

結局、一八七九（明治一二）年九月末日付で、興來の官職辞退の願書は受理された。旧藩庁時代は有禄士族であった興來は、妻真牛《もうし》に「やがて期することがある！」「生活を出来得るかぎり切りつめよ」と口癖のように命じていた。妻はこの申し渡しをよく守り、家計の才に秀でていたこともあるが、実家容氏の助けもあり、無位無官になった伊波家の暮らし向きは、その後も困窮した様子は見られなかった。

また興來は、特に日清両政府間で沖縄分割交渉が進められていることを知ってからは、魂を失ったように憔悴し、それを契機に、すべての政治活動からは身を引いた。

――琉球国はこれまで!!　琉球王国再興のわが夢も終わり――と、しばらくはまさに腑抜け状態になっていた。

一八九二（明治二五）年、官職を辞してから一三年が経ち、興來は四二歳の時に一家八人を引き連れ、那覇泊《とまり》の地から沖縄本島北部の今帰仁《なきじん》間切《まぎり》仲宗根《なかそね》に移り住んでいるが、次女ウトは興來が四八歳の時、今帰仁で授かった子である。

――泊士族の伊波（いふぁー）は、使役人を数名抱え、屋敷は元今帰仁村立今帰仁中学校周辺地にあり、屋号を、たーぶっくぁ（たくさんの田を有している意）伊波《いふぁー》と呼ばれていた――

意気消沈していたはずの伊波興來が、十数年後には広い田畑を保有する存在として、今帰仁間《なきじんま》切《ぎり》（現在の市町村にあたる区域のこと）に登場する。

「食事のときは、父の膳が中央に据えられ、両側に男子の膳が並ぶ。右に長男、左に次男、そして左右交互に男の子の膳が並べられ、女の子の膳は下座に、そして、土間に近い上がり框《かまち》の板の間に下男たちが座り、妻や嫁、下女は男たちの食事が終わって、はじめて喫食することになる。当時、下男、下女六・七人居た……」と、古老たちの口から聞かされた。また、私たちの祖父である伊波興用に一八歳で嫁いできたゴゼイは、亡くなる八九歳までかくしゃくとしていたが、孫たちに嫁いできた伊波家がどんなに裕福であったかと、幾度となく話し聞かせていたこととも合致している。

ここにどうしても解けない謎が生まれる。

廃藩置県後の「沖縄統計概表」によると、「今帰仁間切《なきじんまぎり》の借財は九、九七三円五〇銭におよび、村負債の約四千円と二十四石の借米をあわせれば、今帰仁間切は国頭《くにがみ》地方でもっとも多くの負債をかかえた間切《まぎり》（現在の市町村にあたる区域のこと）であった」（『今帰仁村史』今帰仁村史編纂委員会編纂）。一八八四（明治一七）年の「今帰仁地方旧慣人身売買ニ関スル問答書」（沖縄県庁職員による間切や村の役人への聞き取り調査）によれば、「凡そ身を売るのは貢租欠納によるのか？」との問いに「その通り、すべて年貢の欠納による」という答えが記されている。（『琉球共産村落の研究』田村浩著。旧字・歴史的かな遣いは、新字・現代かな遣いに改めた）また、一九〇二（明治三五）年一一月の『琉球新報』紙で、今帰仁間切の一戸当たりの滞納税額は、米一斗が約一円五五銭で買えた時代に、平均六円五〇銭を抱えていると報じられている。

疲弊を伝えられている今帰仁間切に、富裕農家の伊波家が現れるが、今もなお、その経過は不明のままである。もし、旧琉球藩の官職が今帰仁間切の地頭職などでつながりがあったならば、職務を利用した田畑取得などは考えられるが、そのことと結びつく記録もない。かえって、先祖から私たちが今でも、きびしく言い伝えられていることに、――士族伊波《さむれーいふぁー》は、一四一六年の北山《ほくざん》城攻めの先陣を仰せつかった。そのため、決して今帰仁城址には登ってはならぬ。敗れた北山ののろくもぃ（祝神）や武士たちの怨念の霊が取り憑いてくる――と、申し渡されているぐらいだから、今帰仁間切と伊波一族の縁は、それ以外の口伝でも見当たらないままである。

一九〇三（明治三六）年、沖縄では土地整理が終了し、農民の土地私有が認められるようになった。納税も物納から金納による租税制度がはじまり、農民たちは旧王政時代に比べさまざまな名目の酷税から解放され、生活は改善されたかに見えたが、やがて、農民たちは納税に苦しむようになる。その結果、借金の担保に土地を手放す農民も現われるようになり、沖縄社会は富める少数者と貧しい多数者の二分化が急激にすすむようになった。

歴史的な背景として唯一、思い当たる節《ふし》は、一八九三（明治二六）年、奈良原繁《ならはらしげる》（一八三四〜一九一六）沖縄県知事は、家禄を失った失業士族の救済策として、一〇年間に四〇〇〇町歩の開墾地を無償で払い下げる指示を出している。しかしながら、伊波家がその恩恵に浴したことを証明する記録は見当たらない。

たーぶっくぁ伊波家の広大な田畑の取得原資は、役職上の利権でもないとすると、旧琉球藩庁から得ていた俸禄の蓄財しか考えられない。やはり、「興來の頑固が過ぎるため、うぇーき《財産持ち》泊地頭から輿入れしてきたお嬢さん育ちの真牛《もうし》に、あわり《哀れ》の限りをさせている」と、世間で噂されていたというから、周囲の目につくぐらい、伊波家のつましい生活ぶりは尋常ではなかったらしい。

夫が口にした「やがて期することあり！」は、いつの日か、夫は泊士族社会から離れ、やんばる（山原。沖縄北部の、山や森林など自然が多く残っている地域）と呼ばれる地に向かう覚悟であることを、真牛《もうし》は直接、夫の口から聞かされており、その意の成願のために尽くすだけ尽くしていた。

こうして疲弊の極に追い込まれていた今帰仁間切仲宗根に田畑を入手した伊波家は、やがて、かたかしら（欹髻）に簪《かんざし》を挿し、大地に鍬を入れる新農民一家として出発することになる。

弐の章

士魂の残照

銀簪《ぎんかんざし》の誉《ほまれ》

都会地の那覇や泊《とまり》の小学生たちの「かたかしら」（欹髻）が切り落とされるようになったのが、一八九五（明治二八）年からである。それに一層拍車をかけたのが、日清戦争（一八九四～九五）後、元琉球国王尚泰《しょうたい》の息子たち尚寅《しょういん》と尚順《しょうじゅん》が男爵の爵位を授けられ、「この恩典に報謝するため自らかたかしらを断髪した」と報じられてからである。（『琉球処分以後』上、新川明著）

一八八七（明治二〇）年、「御真影（天皇・皇后の写真）」が、他の府県に先駆け、真っ先に沖縄県立師範学校に下賜されるに及んで、沖縄の皇民化への動きに、ますます拍車がかかるようになり、「かたかしら」の切り落としと標準語の励行も、まず教育現場を通して「琉球」を日本国家へ同化させるために、どうしても必要な最重点課題であった。

——島言葉《くとぅば》から大和口《やまとぐち》へ！　かたかしらを断髪して、新しい時代の日本人に‼——

伊波興來（伊波家第十四世。一八五〇〈嘉永三〉～一九〇三〈明治三六〉）は、新県庁の吏員や教員たち、そして、子どもたちの髷まで切り落とされていくのを、苦々しい思いをしながら見ていた。興來は自らの「かたかしら」を落とさないどころか、自分の子どもたちの断髪を一切許さなかった。そのため、小学校初等科に通っていた四男興宣などは、周りの子どもたちから髷を引っ張られ、囃《はや》したてられるなどのいじめを受け、泣きべそをかきながら帰ってくることもあった。

――えー、ぐぁんくぅー（頑固者の意味）、野蛮人、やー、かたかしらーのクルー（黒党）――
父は泣きじゃくって帰ってくる興宣（四男）を、部屋に呼び、こう諭したのである。
「かたかしらは、まくとぅむん（誠実な人）のしるしぞ、胸を張れ！　なんで泣くことがあろうか！　先生から命じられ、みんなが断髪をするからと、それに合わせるのは、自分の考えを持たない、恥を忘れた人たちのすることだ！」

父は五人の息子たちの「かたかしら」の切り落としを一切許さず、自宅内の会話は島言葉《くとぅば》以外罷《まか》りならん！　との厳命だけは、しっかり守られていた。

そのため、周りからの伊波家の評価は、「ぐぁんくぅー伊波」と陰口をたたく人たちもいたが、家長の興來は、少しも動ずる気配を見せなかった。

わが祖父の次男興用は、その「かたかしら」をめぐってひと騒動に巻き込まれることになった。県立首里中学校の卒業式では、総代として選ばれるだろうと内示を受けた際、担任からひとつの条件が申し渡されたことである。

――卒業式には、多くの来賓が臨席される。わが中学校の卒業生総代が、「かたかしら」を乗せたままでは大事に至る。卒業式までに髷を切るように――

興用はその内示の条件を伝えられ、すぐに校長室に出向き、総代辞退を申し出たのである。

校長は苦々しい表情で、こう問いただした。

「君、総代の栄誉と引き換えにするほど、その髷は、それほどの価値があるのかねー」

「はい、このかたかしらは、私の命と同じです！　御意向に副《そ》えずに誠に申し訳ありません。

失礼いたします」

　直立不動で頭を下げる興用の「かたかしら」が揺れた。

　父興來が「頑固党」の一派に加わり、情熱を傾けていたのはそれほど長くはなかった。そのきっかけは、清国へ亡命して琉球国の請願運動をしていた名城里之子親雲上《なしろさとぬしぺーちん》の抗議の死と、「琉球分島・増約案」（「壱の章」三四頁参照）の提示条項を知ってからである。それからの興來は出かけることもなくなり、訪ねて来る人も、めっきり少なくなった。子どもたちに講義をするときと、空手の鍛錬で見せる顔の表情は、以前と何ら変わらないものだったが、時折、ため息交じりに口にする言葉を、息子たちは耳にするようになった。

「利に敏《さと》い者は貧者なり。また、事大者なる者もまた弱者である。双方必ず、いつか己を滅ぼす」と。

　興來が口にしていたというこの言葉を、その後の振る舞いと照らし合わせて考えると、その意味がおぼろげながら見えてくる。

「利に敏い者」とは、新政府のために懸命に務める「開化党」（親日派）を指し、「事大者」とは、相も変わらず清国に幻想を持ちつづけている「頑固党」（親清派）への批判にも読み取れる。

　興來はその後、「政治」とは一切の縁を断ち、自宅に引きこもるようになった。そして、一心不乱に漢籍に目を通す日々を送るようになった。

　興來の心境に何か大きな変化があったと思われるが、いったい何があったのだろうか？　子孫として大いに興味が湧いてくる。できることなら時間をさかのぼり、わが三代前の心の内を、直接、聞き出したい思いがわく。

日本国に組み込まれた沖縄県では、着々と同化政策がすすめられていた。天皇の国家として沖縄の存在は揺るぎないものになったかに見えたが、旧支配層たちの琉球国再興をめぐる動きは、地下深く動いていた。しかし、役務を退任した後の伊波家では、これまでにはなかったことだが、庭木の手入れをする興來の姿が庭先に見られた。

家の中でも、これまでとは違う変化が起こっていた。四男興宣、五男興晶、長女サトへの「論語」の自家塾（のちの誠魂塾）での講義の任は、次男興用に任《まか》されるようになった。

早朝に行なわれる空手鍛錬の指導は、松茂良《まつもら》泊《とぅまいでぃー》手の習得では、はるかに父をしのいだと評される三男興道に代わった。そして、早朝鍛錬の父の立ち位置は、子どもたちの列の後方に変わった。

長男興任、次男興用、三男興道の三人へは、父は新たに「四書五経註疏」「四書大全」の講義を加え、教学訓育だけはますます厳しくなっていた。

ある日、父は興任を部屋に招き入れた。

それは中学校卒業後の進路についての話であったが、大和《やまと》政府につながる公務への道は断念するよう命じられることは予測していたが、これまで考えたこともないことを、父は噛んで含めるように命じた。

――これはわが息子しか成し得ない天からの役務である。わが琉球の学問は、古来より漢学を祖として学んだ。大和の学問も同根だが、次第に似て非なるものに変節していくだろう。言葉についても、今の学校教育の方向は、島言葉《くとぅば》をこの琉球から一日も早く消すことにある。古《いにしえ》より歴史が教えていることは、言葉を失った民族は必ず亡ぶ。言語こそが、自分たちの精神の基軸をなすものだ。それを大和言葉に奪われると、琉球の文化は、それほどの時間を要しないで姿を消してしまうであろう。そのため、興任にどうしても取り組んでもらいたいことがある。まず手始めに「論語」を琉球語に訳し、後世に残せ！――

中学校卒業後の興任は、終日、部屋にとじこもり、父から命じられた「論語」の琉球語訳に没頭することになる。琉球語の基本は、話し言葉によって成り立っており、それゆえ「論語」の格調高い文体を、一般うちなーんちゅ（沖縄人）が理解できる、平易達意の琉球語に置き換えるのは至難の業《わざ》であり、一言一句を訳するのは難行苦行にも等しいものだった。

ある日、その困難さを父に訴えたことがあったが、言下にこう言われた。

『論語』は確かに天下国家、人倫、人間の実践すべき道義を書き著《あらわ》している。国家論や人の倫《みち》は、支配する者の独占物ではだめなのだ。庶民一人ひとりが得心しなければ、それは書物の中に埋もれたままの宝と同じだ。誰もが日ごろ話している平易な琉球語で、その書物の宝を書き著すことは、これからの琉球には、益々、重要になってくる。彼の国から琉球に渡ってきて、耶蘇教を伝えようとしたベッテルハイム（一八四六〜五四・滞琉）は、その教えを『琉訳聖書』に著したと言うぞ。できないことなどあろうはずがない。どんな困難でも、全力を尽くして励め！」

しかしながら、その「論語」の琉球語翻訳本の存在は、後に開かれる私塾「誠魂塾」で使用されていたというが、その後、何処を当たっても文書としては残っていない。ただ、祖母ゴゼイからの伝聞として残されているだけである。

次男の興用が首里中学校の最終学年時、三男興道は漢方医師仲村渠《なかんだかり》道久師宅から、同じ中学校に通学していたが、学業には身を入れている風には見えず、休み時間になると校舎裏に飛び出し、少しの時間も惜しむかのように、父から伝授された松茂良空手の型の鍛錬に勤しんでいた。

長女サトは小学校高等科に、四男興宣は小学校初等科に通い、伊波家には、まさに安穏と呼ぶにふさわしい時が流れていた。

ところが、それを一変させる事態が起った。

一八九三（明治二六）年、ぐそぅー正月（ぐそぅー「後生」とはあの世の意。旧暦一月一六日、重箱を墓前に供え参拝する行事）を待って、家族全員が一番座（床の間あり、仏壇間は二番座）に集められた。

「この春、興用の中学卒業を待って、泊《とまり》を引き払い、今帰仁《なきじん》間切《まぎり》仲宗根《なかそね》に住いを移す。興道は、近日中に中学校に退学届を出せ。今のわが家には興道を泊に留め置き、学校へ通わせる経済的余裕はない。ただし、学問の訓導は興任、興用が果たす。サトと興宣は今帰仁間切の小学校で学ぶことになる」

今までの生活が、すっかり変わってしまう……。それぞれの胸中に、あまりにも突然で、これまで考えたこともなかっただけに不安がよぎった。ただし、家中の者がこれから先への不安感に襲われているなか、ただひとり、三男興道の胸中だけは小躍りしていた。なぜなら、武道や教練の時間は身体中の全活力が爆発するかのように嬉々としていたが、机を前にする時間はまるで苦行僧の表情で、苦痛さえ覚えていたからである。

――これからは、机の前から解放される――このことを思い浮かべるだけで、つい、表情がゆるんでしまった。

「この琉球は次第に算盤が勝《まさ》る国になる。特に、ここ、泊や那覇では、徳や仁などは塵芥《ちりあくた》のようになる。これからは自分で土を耕し、己の口を糊《のり》する道こそが、人の本道にかなう生き方になる。従って、伊波（士族・士《さむれー》）はこれから農の民に加わる」

父の強い口調の宣言にも似た言葉は、部屋中に響きわたるほど大きな声だった。

その張りつめた空気を破るように、三男の興道が口を開いた。

「お伺いいたします。仲村渠師《なかんだかり》（漢方医師）へは、どのようにお伝えしたらよろしいでしょうか」

「仲村渠師《なかんだかり》には、数日中に私が暇乞《いとま》いのお願いにあがる」

「はい、承知しました」

父は目の前の茶で一息入れるように喉をうるおし、話をつづけた。

「その他、今日はめでたい話がある。興任の祝言《しゅうげん》の話だ。興任も今年二〇歳を迎える。この度、泊《とまりよう》雍氏具志堅盛信《しぐしけんせいしん》氏の三女鶴と婚儀が整った。来《きた》る弥生二一日の大安の日に祝言をあげることとなった。興任は妻を迎える心づもりをはじめよ。祝言と泊の引き払いと、わが家には大事がつづくが、とにかくめでたい」

いつもいかめしい表情しか見せない父の顔に、久しぶりに笑みが浮かんだ。

突然の申し渡しにもかかわらず、興任は顔色ひとつ変えず、畳に手をついて答えた。

「重ね重ねのご配慮、ありがたくお受けいたします」

伊波家を揺るがしている予兆は、思い起こすと、昨年の秋口からはじまっていた。四軒隣の具志堅家戸主との往来が頻繁になっていたし、何より、時折、――やんばる（山原。沖縄北部の山林地）まで行ってくる――と、父は家を留守にすることが度々あり、それは数日にわたることもあったからである。

間もなくして、家普請がはじまり、男手の四人は泊の自宅を離れ、今帰仁間切《なきじんまぎり》（現在の市町村にあたる区域を間切《まぎり》と呼んだ）に寄留しながらの生活がはじまった。大工たちの手伝いとはいえ、これまでこんな身体の使い方をする体験は初めてであり、その上、まず手始めに入手した五反歩の田畑の草刈りから鍬《くわ》入れまで、わが身中の骨まで砕けてしまうのではないかと思えるほどの毎日だった。

仲宗根の伊波家は翌年の六月に落成した。一八八九（明治二二）年から、住宅建築の規制が取り払われ、家屋の広さや瓦屋根は自由になったが、興來はあえて茅葺きにこだわり、一番座、二番座、興來夫妻の裏座、新婚夫婦の二番裏座、興用以下子どもたちの三番座、土間の台所と下男部屋まで備えた、当時としては豪邸と呼ばれる構えであった。

長男興任の婚礼は、ご時世はまだ「開化党」と「頑固党」がお互い疑心暗鬼の渦中にあり、宴席に招く客選びだけでも、あらぬ詮索を招くことになる。その他、祝い事といえども、多人数が一堂に会することには、新県庁役人が最も神経を尖《とが》らせていたことなどもあり、両家の協議の結果、婚礼式はきわめて質素に、近親者だけで執り行なわれた。

長男興任が嫁を迎えた伊波家にも、大きな変化があらわれた。今帰仁間切《なきじんまぎり》に移転後の父は、田畑の管理から下男下女の差配、間切《まぎり》内の寄合い等を、次第に長男の興任に任せるようになった。そのため「論語」を琉球語に翻訳する作業は、遅々としてはかどらなくなっていた。

これまで父が担っていた自家塾における弟妹と塾生への全講義は、すべて次男の興用の任に譲られた。今帰仁に居を定めると伝えられた時、興用の胸中には田舎生活に入れば世事に煩わされることなく、これまで以上に学問に精進できると、抑えようもない欣快《きんかい》を覚えていたが、農という慣れない土地に立ち向かう毎日は、思いの外、疲労感が身体にぶら下がり、農作業を終えた後の自家塾の講義も、時折、緊張感を失うことがあった。

塾生を送り出した後、本を開くという新たな学問探求への道は、自分の精神に鞭を打ち続けなければ、つい睡魔に軍配が上がってしまう。けだるさと悔恨の日々が、朝陽と共に興用を待ち受けていた。

後日、その自家塾は今帰仁間切《なきじんまぎり》に転居後は、一八歳の次男興用(私の祖父)が塾長を務める、私塾「誠魂塾」として開塾された。受講料は無料で、近隣の子どもたちを受け入れたが、この塾では一切和学を教えなかった。

早朝の空手の鍛錬には、新たに下男の照屋《てるや》と新城《あらしろ》が加わり、その鍛錬は雨に降られないかぎり庭先で行なわれていた。田舎の今帰仁間切では、空手衣の集団による組み手や型が間近に見られる物珍しさもあって、垣根越しに人が並ぶことが常であった。興道は、もともと衆の注目を浴びることを快いと思う性質《たち》であり、その指導や、掛ける号令もますます熱を帯びていた。

一九〇三（明治三六）年の今帰仁間切の族称別人口資料によれば、仲宗根の旧「士族」家族総数は三四名と記録されている。この地域への旧士族流入はそれほど多くはなかったことが窺える。

松茂良《まつもら》泊手《とぅまぃでぃー》

第十四世伊波興來は空手道の泊手《とぅまぃでぃー》を、遠縁にあたる同じ泊士族雍氏《ようし》・松茂良興典《まつもらこうてん》の長男松茂良興作《こうさく》から直接、伝授されたという。

沖縄の空手道は、首里手《しゅりでぃー》、泊手、那覇手《なはでぃー》に分類され、大別して首里手と泊手は松林《しょうりん》流、那覇手は昭霊《しょうれい》流と呼ばれている。

泊手の開祖松茂良興作は、宗久親雲上嘉隆《そうきゅうぺーちんかりゅう》に師事し、泊手のナイファンチ（鉄騎）を習い、その後、照屋規箴《てるやのりせい》に師事、パッサイ（抜塞）、ワンシュウ（汪楫）などの型を伝授された。空手は技を超越した精神面に重きをおき、生半可は自滅であると戒め、仁、義、礼、智、信の五条をわきまえるべしと教えられた。その教えを守り、むやみな争いを避ける興作は、他の門弟たちから臆病者よばわりされた。弟子には本部朝基《もとぶちょうき》、伊波興達《いはこうたつ》（同姓同名だが、一族とは別の人物である）がいる。

毎月朔日《ついたち》と一五日だけは、父、興任、興用、興道、興宣、興晶の六人は、朝七つ（午前四時）には揃って水をかぶり、白の空手衣に身を包み、夜が明けきらない庭に並んだ。

興道の掛け声が飛んだ。その日の型は興道によって選ばれたが、松茂良泊手は基本三年、型七年と言われ、ナイファンチ（鉄騎）にはじまり、クーシャンクー（公祖君）、パッサイ（抜塞）、アーナンクー（阿南君）、ローハイ（鷺牌）、チントー（鎮党）、チンテー（鎮定）、ウーセンシー（五四歩）、ワンカン（腕貫）、ワンシュウ（汪楫）、セーシャン（十三歩）と、およそ二時間を要する鍛錬だった。

夏の季節などは、暑い日差しを避ける沖縄の農作業は、早朝から陽《ひ》が中天にかかる一時にはいったん中断し、日差しが弱くなる午後三時頃から再び田畑に出かける。朝の農作業に出かける農民たちが、しばらく足を止め、その鍛錬に見入っていることもあった。

その評判がその後、予期しない事件を引き起こすことになる。

琉球沖縄は多くの島々から成り立っている。そのため、古くから海上交通によって人や物品が運ばれていた。かつて、琉球王国が海路を有効に活用した貿易立国になり栄えたのは、この立地条件が影響したものと思われる。

島嶼群の各村落を結ぶために、各間切《まぎり》（村）には地船《じぶね》（公用船）の保有が義務づけられていた。各間切と間切を結ぶ街道は宿道《しゅくみち》と呼ばれ、その宿道を中心にして徐々に琉球国内の道路は開かれるようになるが、海上輸送路に比べ道路の整備は遅れた。（『高等学校　琉球・沖縄史』沖縄歴史教育研究会／新城俊昭著）

山原《やんばる》と呼ばれる沖縄北部地方は山林地にあり、道路による交通の便も容易に開かれることがなく、その不便な状態は長くつづいていた。

名護を起点とする道路建設がはじまったのは、一九一三（大正二）年である。まず、本部町渡《と》久地《ぐち》線と今帰仁《なきじん》仲宗根線の道が開かれ、県道国頭《くにがみ》街道が開通したのは、一九一五（大正四）年になってからである。北部郡内縦横道路一六路線の全開通までは、それから七年余の歳月を待たなければならなかった。この各道路を結ぶ陸路によって、人と物の往来が頻繁になり、山原は陸の孤島から脱することができた。（『名護六百年史』比嘉宇太郎著）

幹線道路が開通するまでの荷役は馬や人力に頼り、狭い林間道を荷駄《にだ》が運ばれていた。この荷役作業は、概して腕力と胆力に勝る男衆《おとこしゅ》が組を作り従事していた。当時、これらの労働集団の別称を「乱暴者」と呼んでいたことからも、この集団の社会的評価が想像できる。

厳しい荷役労働の打ち上げは、いつものように酒を浴びるほど飲み、ドンチャン騒ぎを仕出かすのが常のことであり、村人たちにとっては、爪弾《つまはじ》き集団となっていた。この乱暴者たちは女子《おなご》衆《しゅ》とすれ違うと、卑猥な言葉をかけたり、指笛で囃したてたりするのが常であり、女子衆はこの集団を避け、わざわざ道を変えるほどであった。男衆さえもできるだけ関わりを持ちたくないため、目を伏せながら行き合っていた。

岸本松造《きしもとまつぞう》が組頭の岸本組は十数人の労働集団で、組頭松造の体軀は六尺を越え、筋骨隆々、眼力鋭く、その声を聞くだけで組員が震え上がったというから、親分としては誠に適材と言わざるを得ない。

いつものように組頭が座の中央に座り、酒盛りがはじまっていた。

酔いがまわりはじめると、湧川《わくがわ》の多良《たらー》がこんな話をはじめた。

「えー、見たねー、仲宗根のいふぁー（伊波）の男たちの空手よー。今朝、一家で鍛錬している姿を見たけどよー、話には聞いていたが、あれは本物の武士《さむれー》の空手さぁー、すごいさぁー」

「俺も見たことがあるけどさぁー、あの人たちは、うちなー《沖縄》一だねー、すごいさぁー」

二番頭の甲助は、二人の話に少し調子はずれの甲高い声で、その称賛話に加わった。

「伊波は、武士松茂良《まつもら》の一門だと聞いたから、強いのは当たり前さぁー」

突然、組頭の松造の酔眼が光った。

手にしていた酒茶碗を、いきなり、土間に叩きつけた。酒茶碗は大きな音を立てて砕け散った。

「なにー、誰が沖縄《うちなー》一だとー」

その怒声は、部屋中に響き渡り、酔いで騒がしかった座は、一瞬にして凍りついてしまった。

「なー、甲助!!　もう一度言ってみろ。何が武士松茂良《まつもら》よ！　そんなに強いのか。それならば、この松造が試してみようではないか!!　えっ！　甲助よ」

荷作業の要領の悪さを、いつも組頭に怒鳴られてばかりの末吉が、組頭に取り入るかのようにこう言った。

「明後日、今帰仁小学校で農業共進会があるのを、みんな知らされているよなー、その打ち上げの席で、伊波興任と興道兄弟の空手演武があると言っているさぁー、『うれー《これは》、みいむんどぉー《見物に値する》』と、みんなが騒いでいたから、組頭はその帰り道で、二人の力だめしをしたらいいさぁー」

「末吉、それは本当か。いいぞ、いいぞ、その時、この松造の本当の強さを目に物見せてやろうじゃないか!!　えー、おい！　みんな！」

末吉はすかさず、組頭に媚びるように言葉を継いだ。

「農業共進会が終わるのは、大体九時を過ぎると言っていたから、小学校から仲宗根の途中の、謝名《じゃな》の蔡温《さいおん》松辺りで待ち伏せをすればいいさぁー」

衆議一決した。しかし、組頭は余り大人数で立ち向かったとなると、後日、名折れになるとして、自分と組員から屈強な七人を選び、待ち伏せすることになった。

演武を終えた興任と興道は、農業共進会長から盃を差し出されたが、明日は早朝から苗床作りがあるからと、一杯だけで酒席を辞させてもらった。

夜道を急ぐ二人を、下弦の月明かりが仄《ほの》かな光で照らしていた。

突然、興道の左手が兄の歩みを制した。

「兄さん、人の気配がします。注意を！」

その言葉を掛け終わるやいなや、偉丈夫な男が踊り出て、二人の行く手に立ちふさがった。

「おい!!　いふぁー《伊波》の兄弟だな、待っていたぞ!!」

その声を合図に、荷かつぎ棒を手にした男たちが、一斉に躍り出て二人を取り囲んだ。

「おい、いふぁー《伊波》よ、お前たちの腕のほどを、見せてもらおうじゃないか」

脇差が懐から抜かれ、威嚇するようにかざすと、その刃がキラリと光った。

興道は兄をさえぎり、足を外八文字に平安《ぴんあん》の形で構えた。

「兄さん、目の前の相手は私がします。兄さんは周りの雑魚《ざこ》どもを始末してください。相手は大人数です。くれぐれも注意を怠らないように！」

――ヒャー!!――

奇声が辺りに響き渡り、腰だめに脇差を握った松造が、興道に突進してきた。

その動きに合わせるように、まるで鷹の鳴き声にも似た、興道のひときわ高い呼気が吐かれた。

――ヒュー!――

興道の右足が一歩踏み出したかと思うと、一瞬にして脇差は叩き落され、右足で松造の胸元を蹴り、その蹴り足をいったん引き、その足を軸足にして再び前方に踏み出し、左足の蹴りを腹部に、同時に両手《もろて》突きが顔面に伸びた。

松造は――ウッ――と、一声の呻《うめ》き声を立て、もんどり打って倒れた。

興任を取り囲んでいた者たちは、組頭が仰向けに倒れたのを見てすっかりひるんでしまい、呆然としていたが、その中の一人が、慌てて荷かつぎ棒で興任に打ちかかってきた。その打ち込みを身体をひねって躱《かわ》し、呼気とともに正拳《せいけん》が振り下ろされた。――バシッ!!――両手手首から鈍い音がして、両手がダラリと折れ曲がった。そして、悲鳴を上げながらその場にへたり込んでしまった。

「あがーよー、あがーよー、てぃーうりたん、てぃーうりとーん」

（痛《い》 / 手 / 折《お》れた）

騒ぎはすぐさま農業共進会場に伝わり、村衆が駆けつけてきた。

現場には、仰向けになった松造と、泣き叫んでいる怪我人の横で、襲い掛かってきた岸本組の乱暴者たちが、気抜けしたようにへたりこんでいた。伊波兄弟は平然とした姿勢で彼等を見下ろしていた。

農業共進会にも列席していた警察署長から連絡を受けた警察官たちが駆けつけてきた。組頭の岸本松造の即死は現場で確認され、重症の一人は病院に送られた。興任と興道、そして、岸本組の他の者は本部《もとぶ》警察署に拘留されることになった。興任と興道は殺人と傷害容疑の拘留状を示され、一〇日間、警察署において取り調べと拘留を受けていたが、拘留された岸本組員の取り調べの結果、正当防衛が認められ、無罪放免となった。

この事件に関しては後日談がある。

私の長姉米子が小学校高学年の時の話である。三女の敦子と二人で乙羽岳《おっぱだけ》に薪取りに行った帰り道で、突然、見知らぬ中年女性から声を掛けられた。

「えー、あんたたちふたりは、伊波興用さんの孫ねー」

「はい、そうです」と、答えると、

「えー、そうねー、興用さんはまくとぅむん（誠実な人）やさ。あなたたちの興用おじぃと違って、長男と三男は乱暴者さぁー。この二人が私たちのおじぃを殺したのだが、武士《さむれー》だから警察も裁判所からも目こぼしされて、二人とも無罪放免になったさぁー。あんたたち、興用さんのうまが《孫》なら、これからきっと、栄えるさぁー」

乙羽岳《おっぱだけ》から下りてきた姉の米子は、早速、この話を祖母のゴゼイに報告した。すると、祖母の口から、この事件の詳細を聞かされたという。

染屋真榮田《そめやまえだ》

　私の祖父興用は、前にも触れたが性格は温厚で生真面目を絵に描いたような人物だったという。自宅わきに建てられた「誠魂塾」で、一八歳の若さで塾長として近隣の子どもたちや求めてくる大人たちに教えるようになった。その頃、すでに各地に小学校が建設されていたが、当初は大和《やまと》学校と白眼視され、生徒を募集してもなかなか教室が埋まらなかった。

　その対策として、在学期間中の賦役や公費の免除、米穀や金銭まで与えるなどの援助が功を奏して、就学率は急激に増加するようになった。

　当初は、物珍しさも手伝って「誠魂塾」は盛況であったが、塾は夕刻にはじまり、その上、教えられるのは尋常小学校とは違い、漢学が基本であり、特に礼儀作法に厳格すぎることもあって、日を追って塾に顔を出す子どもたちの姿は少なくなっていた。辛うじて、これまで教育を受ける機会がなかった農夫たちが、興用から教えを受けている状況に変わった。村役場も県の教育方針である大和学に、まるで反旗をひるがえしているかに見える漢学主体の「誠魂塾」の存在は、好ましい評価を得られず、陰に陽に、その教育方針は批判の対象にされるようになってきた。

　教育によってわが道を立てようと意気込んでいた興用の夢は、無残な結果となっていた。しかし、興用の学識については、国頭《くにがみ》地方では鳴り響いており、教職や本部《もとぶ》警察署への奉職を依頼する県庁職員の訪問が相次いでいた。

曾祖父興來は、その類の来客に興用が接したと知るや、すぐさま仏壇間に興用を呼び出し、烈火のごとく叱りつけた。

「もし、お前が大和《やまと》政府に協力するならば、ご先祖に申し訳が立たない。父は、たちどころにかたかしら（欹髻）を落とし、切腹して果てる!!」

それからしばらくして、興用の机の上には漢籍に混じって和書が乗るようになった。特に中江兆民の『民約訳解（ジャン・ジャック・ルソー）』や福沢諭吉の『学問のすゝめ』を読み終わった後の衝撃は大きかった。

――己の浅学と狭い世界観――を、真っ先に恥じた。これまで修めたつもりの学問は、こんなにも浅いものだったのか、そして、日本も世界も大きく動いている……。

「漢学と和学」「歴史と思想」「世界と琉球」、これまでは父に抗弁することなどなかった興用が、これらの問題をめぐって、父と論争する姿が見られるようになった。

そして、興用はふさぎこむことが多くなった。興用は二〇歳の秋を迎えた。

曾祖父興來は次第に寡黙になっていく興用を心配したのだろうか。心機一転の端緒とばかりに、今帰仁間切《なきじんまぎり》（村）上運天《かみうんてん》で、手広く藍染屋を営んでいる真榮田義廣《まえだぎこう》の末娘ゴゼイとの婚儀の話をすすめていた。

「琉球処分」後、多くの士族が職を失い、農山村への人口移動が起こっていたが、それらの人たちは山野を開拓し新しい生活の場とせざるを得なかった。新政府は旧士族の授産奨励策として琉球藍草の栽培をすすめ、その生産の本場が本部《もとぶ》間切《まぎり》伊豆味《いずみ》の地であった。伊豆味と上運天《かみうんてん》は乙《おっ》羽岳《ばだけ》を挟んで隣接の間切《まぎり》（村）であり、当時、この地域の物流は運天港を利用する海運が中心であった。近隣の村人から「染屋真榮田」の屋号で呼ばれていた真榮田家は、伊豆味で生産された琉球藍草の買い集めから、泥藍の生産から販売までの商いを手広く営んでいた。

伊波と染屋真榮田も旧士族の門、その上、当時は両家とも間切ではえーきんちゅ《金持ち》同士の結婚であったため、婚儀の申し込み、婚約の成立、結婚式は古くからの段取りに従い、にぎにぎしく挙行されたという。これも、祖母ゴゼイの口から自慢話然と孫たちに語られていたことである。

まず、泊《とまり》の中元屋《なかむーとやー》のおばぁに今帰仁間切まで来てもらい、仲入り（仲人《なこうど》、結婚のなかだちをする人）としてお茶を手土産に真榮田家に出向き、娘を嫁に欲しい旨を申し入れた。真榮田家では、仲入りのおばぁにお茶が出された。これは同意を表すしきたりである。

後日、伊波家から、瓶子《びーしー》、そうめん、あんだぎー、カステラ、かまぼこ、煮しめ肉を詰めた重箱を、泊のおばぁが真榮田家の仏壇に供えに出向き、両家で杯を交わして婚約が成立したことになる。その席で、式の日取り、儀式のやり方、行列の人数、順序などを記した「すねー帳」を取り交わす。結婚式を「根引《ねーびち》」と称し、一八九六（明治二九）年一月七日に結婚式が挙行された。祖父興用二一歳、祖母ゴゼイ一八歳である。

当時の旧士族間の結婚式は、花婿が潮の干満に合わせ縁起の良い時間を選び、伴の者と嫁方に向かう。途中には村の若者たちが待ち受けており、馬形の乗り物に花婿を乗せ、「ドー、ドー」と、囃したてながら集落中を引きまわされることになる。やっと花嫁の家に着き、家長から玄関先で挨拶を受けた後、座敷へ案内され、花婿はもてなしを受ける。この席には花嫁の父は加わらず、座敷で嫁方の縁者と杯を交わした後に祝宴は始まるが、その宴席から花嫁の父は加わるようになる。

次に、花婿の大切な儀式として、台所に出向き、火の神に線香を立て拝む。ここでも花婿いじめが待ち受けている。火の神の香炉に石を詰め、線香が立てにくいように邪魔をしたり、台所に煙をもうもうと立て、花婿の顔に鍋墨を塗りたくったりする。

夕方になると、婿方から嫁迎えがくる。花嫁は仏壇のご先祖を拝み、親との別れの杯を交わすが、それは立酌で交わすのが習わしである。

花嫁は朝衣《ちょーじん》と呼ぶ黒い麻衣を頭からかぶり花婿の家に向かう。花婿の家で朝衣のかぶりを外し、花婿、花嫁が顔をそろえて並び、婚礼の儀式がはじまる。まず、二人が朝衣の袖に片方ずつ通す。それを「すでぃぬーちゃん」と呼ぶ。そして、花婿、花嫁がそれぞれの眉間に指で水を三回つけ合う。儀式の最後はススキで作った箸で一つの膳から料理を三度取り、お互いの手に乗せて結婚式は終わる。（以上、結婚式の習俗については、つぎの文献に拠る。『沖縄の冠婚葬祭』那覇出版社編）

やはり、曾祖父興來はその後も自分の子どもらに、一切の公務に就くことを許さなかった。

特に興用は、修学した学問を生かす道が父によってすべて閉ざされ、周囲からあれほど学才を認められていたのにもかかわらず、毎日土と向かい合う日々に明け暮れていた。興用が塾長を務めた「誠魂塾」は、入塾を希望する塾生がほとんどいなくなり、結婚後、間もなくして閉塾された。

興用は父の意に背き、和書と呼ばれる書物を開き、読むほどに、己の成すべき道を見失っていた。知への渇望感は日ごとに昂じていく反面、現実との乖離はますます増すばかりで、気持ちは鬱々として、その顔から笑顔が消えた。そして、眠れない夜を紛らわすかのように、酒量が増えはじめた。

祖母ゴゼイは、――いつも考えごとをしていて、言葉が少ない人だった――と、夫を評していたが、若い夫婦の新しい家庭は、決して、幸福感に満たされていたとは言いがたい。

第十四世伊波興來は一九〇三（明治三六）年に、頑固一徹を貫いたまま死去、享年五三。納棺されたその頭のかたかしら（欹髻）は立派に整えられ、簪《かんざし》を挿し、死出の旅化粧が施された。そして、父の四十九日の法要を待って、息子たち全員の頭上から髷が切り落とされた。妻鶴の死はその二年後だった。

その時、興來の子どもたちは、興任三〇歳、興用二八歳、興道二六歳、サト二一歳、興宣一八歳、興晶一四歳、ウト五歳。末娘のウトは興來が四八歳の時に授かった子だが、母親の鶴亡き後は三男興道が引き取り育てた。

興任は三〇歳で家督を引き継ぐことになったが、子どもを二人、興慶（一八九二年生）とチル（一八九九年生）を成した。財産のすべては長男興任名義に書き換えられ、相続することになった。父の重圧から解き放たれ、家長としての気張りもあったと思われるが、その生活ぶりは次第に一変していく。伊波の大旦那として、今帰仁間切《なきじんまぎり》の寄合いでは上座をすすめられ、父が存命中はできるだけ酒席を避けていたが、やがて、脂粉と酒の匂いをその身から漂わせるようになった。

それでも伊波家の屋台骨が揺るがなかったのは、約八〇〇坪ある伊波家の屋敷内に家宅を構えた、興用、興道、興宣の弟三人が、下男、下女たちを率い、懸命に農地の管理に精励したことによって守られていたからである。

しかし、その大農家の伊波家の前には暗雲が立ち込めはじめていた。それは、長男興任の世間知らずの大失態によって引き起こされることになる。

参の章

貧の闇

国頭《くにがみ》銀行

日清戦争（一八九四〜九五）は日本国の勝利に終わり、沖縄における清国への期待感も、琉球国の再興という夢も、すっかり影をひそめてしまった。

一転して、沖縄の支配・指導者層は一丸となり、沖縄の皇民化促進の旗振り役を務めるようになった。

民衆の暮らし向きも大きく変化し始めていたが、その最大の原因は土地整理と税法改正であった。この二つの制度改革は、民衆を長い間しばっていた琉球王政という封建制から解放することになったが、時間が経つごとに、富める者と貧しき者の階層分化に拍車をかけるようになった。そして、各地で税金の滞納者が生まれ、折角、手に入れた土地も、納税のために土地を担保に借金をし、借入金の返済不能によって担保の土地を失うということが続出した。

この結果、農村は疲弊の限界まで追い込まれるようになる。そして、とうとう、自らの子どもを年季奉公に出したり、子女を身売りする貧窮農民が生まれた。

沖縄は狭い島である。農民の保有する土地面積も小さく、沖縄本島南部地方の土壌をのぞき、総じて土地はやせ地である。また、毎年の暴風雨襲来もあり、農業の生産性はきわめて低かった。そのため、農業によって生計を維持するのは困難であった。

その打開策として目を向けたのが「海外移民」である。最初の海外移民は一八九九（明治三二）年のハワイ移民である。その後、移民先は北米、南米、オーストラリア、フィリピン、ボルネオ、インドネシア、シンガポール、南洋諸島にまで及び、海外移民からの送金額は、ピーク時には沖縄県の歳入額の四〇パーセント～六五パーセントに上り、生活苦にあえいでいた県民を支えていた。（『高等学校　琉球・沖縄史』沖縄歴史教育研究会／新城俊昭著）。

出稼ぎ先は海外にとどまらず、日本本土へも向かった。「琉球人」と蔑視され差別を受けながらも、劣悪な労働条件下で工業地帯の工場労働者、紡績女工、製紙産業労働者として懸命に働き、貧しいふる里への送金に励んだのである。

さて、沖縄本島北部の状況に目をやってみよう。

当時の名護は、県庁郡諸官庁の所在地であり、国頭《くにがみ》郡の中心としての地の利によって、大変なにぎわいを見せはじめるようになる。特に、一九〇四（明治三七）年、葉タバコ生産が専売制になり、名護に専売官吏出張所が置かれたことにより、物資の集散地としても重要な位置を占めるようになった。当時の主要な交通の便は汽船航行に頼り、那覇―名護間が陸路で行き来できるようになるのは、一九一五（大正四）年の県道国頭《くにがみ》街道開通まで待たなければならなかった。

沖縄でも商品経済が活性化することにより、産業・経済活動は活発な動きを始め、その反映として、金融組織も活動するようになる。

まず、一八九八年（明治三一）年、海外移民からの送金を取り扱う日本勧業銀行那覇支店が設立され、一八九九（明治三二）年には、沖縄銀行が開業することとなった。

金融業の相次ぐ事業開始に刺激を受け、国頭郡でも郡内有志を発起人として国頭銀行の開業準備が始められる。その業務開始に関しては、一九〇五（明治三八）年四月、『琉球新報』紙上に掲載された「株式会社国頭銀行設立登記広告」に見ることができる。

その設立登記広告によると、資本金一〇万円、一株五〇円、各株払込金額一二円五〇銭となっている。しかし、同銀行はそれから二年後に、政府の小銀行整理方針により解散し、共立銀行として再出発することになる。

ちょうど、その年の二月のことである。

三つ揃えの背広を着こみ、ハンチング帽に口ひげを蓄えたひとりの紳士が伊波興任（一八七三〈明治六〉生。筆者の曾祖父・興來の長男）を訪ねて来た。

妻の鶴《つる》が応対に出たが、丁寧な挨拶とともに、「有限会社沖縄新榮興業社長　新垣新吉《あらかきしんきち》」と名乗り、名刺が差し出された。

「私、御主人の伊波興任さんとは、首里中学時代の同級生で、親しくさせていただいた者です。本日、本部《もとぶ》に所用があり、出て来たものですから、足を延ばして寄らしていただきました」

こんな丁寧な言葉遣いを田舎で耳にするのは久しぶりのことで、鶴はあわててしまった。

「主人は、今、近くまで用事で出かけておりますので、すぐ呼びに行かせます。どうぞ、お上がりください」

新垣新吉と名乗る紳士を、鶴は丁重に座敷に通した。

下女の松に差し出された名刺を持たせ、一丁先の新城《しんじょう》翁宅で碁盤を囲んでいるはずの興任を呼びに走らせた。

すぐさま、興任は小走りで帰宅してきた。

――新垣《あらかき》！　新吉《しんきち》かー――と、声を上げながら座敷に駆け込み、久しぶりの邂逅《かいこう》を、手を握り合ったり、肩をたたいたりして懐かしがった。

新垣の第一声は、

「おっ！　興任、お前の頭からも、とうとう髷が落ちたか。お前も、いよいよ、時代にふさわしい思考ができるようになったか」

興任は苦笑しながら、自分の頭を掻くしかなかった。

「新吉、何年ぶりになるのかなー。ところで、家族はどうだ、皆元気か」

「お前が長男の誕生祝いに来てくれたとき以来だから、一三年ぶりかなー。それから、新たに子どもが三人加わって、二男二女の大家族だ」

学校時代の新垣は、いち早くかたかしら（欹髻）を落とし、洋服なるものを着こんで学校に登場する商家の息子だったが、その頃からの口八丁手八丁は少しも変わらず、その口から伝えられる友人知人の近況を聞いているうちに、興任は自分が山原《やんばる》の田舎で埋もれてしまったような気分になった。

しばらく、座敷から笑い声や大声が、繕いものをしている妻の耳にも届いていた。

陽が落ちるのを待ちかねていたかのように、二人は大井川の川沿いにある「さかなやー」に繰り出した。

その頃の「さかなやー」とは、魚の商いをする今日の魚屋と同じ意ではない。殿方が酒肴と酌婦の接待を受けるお楽しみの場所である。沖縄では、その類の店が「料亭」と呼称され、にぎわうようになるのは明治の終わりごろからである。

それから、新垣新吉はたびたび興任を訪ねてくるようになったが、時には泊り掛けで出かけて来ることもあり、その度に、二人は「さかなやー」の門をくぐり、明け方近くに肩を組み、高吟し、足をふらつかせてのご帰還となった。

何度目かの「さかなやー」の座敷である。

いつものように媚びを身いっぱいにした酌婦二人が、酒肴の膳を運んできたが、新垣は珍しく改まった口調で酌婦にこう言い渡した。

「これから興任さんと、大事な話がある。しばらく席を外してもらいたい。話が済んだら、合図をする」

酌婦が座敷を出るのを待ちかねていたかのように、新垣は改まった口調で切り出した。

「ところで興任のところは、使用人も使い、手広く農業をしているようだが、暮らし向きはどうかね？」

「いやー、田畑だけは広いけど、それで五所帯の生活を支えているから、傍《はた》から見るほど楽ではないよ」

「興任は、このまま、田畑を耕し、農業だけで暮らしていくつもりなのか？」

「えっ、何？……。別段、他のことを考えたこともないよ。まあ、一家がそこそこの暮らしができれば、それでよしとしているが……」

「興任は、相変わらず欲がないな——……。興任、考えてみろよ。額に汗してそんなに苦労して実らせた米でさえ、今日の新聞で見ると、米相場は、白米三斗四円四〇銭だよ。これからは、内地で作られたおいしくて安い米が沖縄にどんどん流れこんでくる。生産性の低い沖縄の農業で、この流れに太刀打ちできなくなるのは目に見えている。このままのやり方で、大家族を養っていけると思うか？」

新垣は胸ポケットから紙巻きタバコの「敷島」を取りだし、興任にもすすめた。火をつけ深く吸い込み、天井に向かって煙を吐いた。

「タバコでさえも、これまでのような煙管《きせる》にきざみタバコを詰め込む時代は終わりになる。この『敷島』も昨年売り出されたのだが、すごい売れ行きだ。これからすべてのことが、新しい時代に合わせて変わっていく」

「……」

新垣の断言にも近い言葉を耳にすると、興任は自分も時代から取り残されていくような気分に襲われた。

「ところで、新吉、人払いまでしての話というのは、何ごとだ？」

新垣新吉はその言葉に促されるように、鞄から書類を出して机に並べた。

「興任、時代は変わっていくんだ。たとえば税金だって、以前は物納か労役だった。今はどうだ、金納に変わってしまったではないか。経済も大いに発展して、大量の物資が取り引きされるようになった。その取引はすべてお金や書類で決裁されている。それを取り仕切っているのが銀行という事業だ。沖縄でも五年前に沖縄銀行が開行されたが、すごい繁盛ぶりだ。そこでだ、名護でも、今、新しい銀行設立の動きがはじまった。これからは、銀行が社会を引っ張っていくようになる」

新垣新吉はそこまで話して、さも重要な書類を扱うように、封書から「株式会社国頭《くにがみ》銀行設立趣意書」を取りだし、興任の前に広げ、声を潜《ひそ》めるように話し始めた。

「この四月には『琉球新報』紙に、国頭《くにがみ》銀行の登記広告がでる。取締役を予定されているひとりから、内密にと見せられた書類を、書き写したのがこれだ……。ここを見てくれ。資本金の総額は一〇万円。一株の金額は五〇円。『各株ニ付払込タル株金額　一二円五〇銭』となっている。という話というのは、この国頭銀行の二割五分の株を確保できれば、経営に参画する道が拓ける。とりあえず、その必要な資金は六二〇〇円余もあれば足りる。そこで、モノは相談だが、興任、田舎でつましく生活するのも、ひとつの生き方だが、これからは、二人で組んで事業家として、羽ばたこうではないか。この国頭銀行の開業は、大きなチャンスになると思って、君の元に飛んできた」

興任は新吉の口から、ポンポン飛び出してくる聞き慣れない用語を、頭の中をフル回転させながら追いかけていた。

火を点けられたまま口もつけずに、灰皿受けで煙をくゆらせていたタバコが、ポトリと灰皿の中に落ちた。

「それで、いったい私に何を?」

「相談事と言うのは、内密で急を要する話だ。この機を逃すと、すべての利得が逃げてしまう。生憎、私の手元には、今、活用できる資金は五〇〇円しかない。ところで興任、どうだ、共同事業者として、この際、国頭銀行株に出資して、経営者の仲間入りをする気はないか?」

「この私が?　経営者?……」

興任はこの〝経営者〟という言葉のひびきにある心地好さを覚え、わが人生の未来に、新しい訪れがはじまるような気になりはじめていた。

「それで、いくらの金が必要なんだ?」

「とりあえず、六〇〇〇円もあれば足りる」

「六、六〇〇〇円!!　そんな大金、わが家にあるはずがないじゃないか!」

新垣新吉は状況の仕切り直しをするかのように、紙巻きタバコ「敷島」を二本抜き、その一本を興任に渡してマッチで火をつけ、その炎を自分の口元のタバコにも近づけた。二人は同時に天井に向かって大きく煙を吐いた。

「ところで、興任、ひとつ聞きたいのだが、家屋敷と田畑の相続は誰がしたんだ?」

「すべて、長男の私の名義で相続した」

「田畑はどれぐらいの広さがあるんだ?」

「二町歩に少し足りないぐらいだ」

「家屋敷はどうなっている?」

「八〇〇坪ぐらいあるかなー、その屋敷内に兄弟四人が、家を建てて住んでいる」

「興任、相談と言うのはなー、今、君に、現金を出資してくれと、頼んでいるのではないんだ。その株購入のための資金融資を、銀行から受けるための連帯保証人に、ぜひ、興任を親友と見込んで、君に頼みたいのだ」

「連帯保証人か……。銀行株購入資金の融資を、君が銀行に申し込む、その融資を受けようとする君を、——新垣は信用できる人物として、僕が保証する——と、いうことか?」

「そうだ。しかし、銀行としては、これだけの大金の融資になるから、どうしても、担保が欲しいと言うんだ」

「担保?」

「そのことで、先ほどから田畑や家屋敷のことを聞いたのだが、銀行には資産家の興任については話してある。今日、君を訪ねてきたのは、銀行の融資担当者が担保物件の権利証を確認したいと言うのだ。どうかね、一緒に名護の銀行まで出かける機会は作れないかね」

「権利証は、いつもわが家で大事に保管してある。権利証を持参すればいいのか? 来週の火曜日なら都合がつくよ」

「さすが、わが親友の興任だ。ありがたい」

新吉は膝を進め、興任の両手を強く握り締めた。新吉の合図で酌婦たちが再び座敷に呼び込まれた。いつにも増して、お銚子が並び、飛び交う嬌声が部屋をにぎやかにしていた。

翌週、沖縄銀行名護支店の応接間に二人の姿があった。すでに新吉と行員とは何度も打ち合わせがなされている様子で、打ち解けた口調で新吉と行員の話は弾んでいた。

「それでは支店長と相談する必要がありますので、ご持参いただいた権利証をお預かりしてよろしいですか？　しばらく、おくつろぎください」

権利証一式は行員の手に委ねられ、行員は応接室を退出した。興任は所在なげに洋風造りで評判になっている応接室のしつらいに目を走らせていた。新吉は脇机の上に乗る『琉球新報』を広げながら、記事にかかわる四方山話をあれこれ語り聞かせた。世間通とは、まさに彼のようなものだと舌を巻きながら、興任は聞き入っていた。

給仕から二度ほど茶を入れ替えられた後、行員は応接室をノックした。

「お待たせいたしました。お申し出の六〇〇〇円の融資の件は、ご持参いただいた担保物件の権利証で十分との支店長決裁が貰えました。当銀行はいつでもご要望には対応できますので、その節は、いつでもどうぞ」

二人は支店長と行員に見送られて銀行を後にした。満面の笑みの新吉とは裏腹に、興任はなぜか浮かぬ顔である。新吉は、気合を入れるかのようにその背中を叩き、腰に手をまわすようにしながら銀行を出た。その晩は前祝いと称して、新吉の馴染みにしている名護の町の旅館で酒宴が設けられていた。

しかし、なぜか酒杯が重ねられても興任の酔いは進まず、行員に聞きただせずにいたあることが、心に重くのしかかっていた。

「新吉、いいか？　抵当権設定についてなんだが、もっと詳しく説明してくれないか！」

新吉は杯の酒をグイッと飲み干し、興任を射すくめるような目で、言葉を区切りながら説明を始めた。

「なーんだ、先ほどから浮かぬ顔をしていると思っていたら、そんなことか。銀行はなー、石橋を叩いて渡るような商売だから、いつも念には念を入れて、万が一の状況に備えるんだ。抵当権設定とは、銀行は貸した金が返済不可能な事態に陥った時に備えて、貸した金に相当する借主の財産に担保のためにつけるのが抵当権だ。今回の借り入れの連帯保証人として、伊波興任の財産は信用ができるものと認められたのだ。君が所有する財産に抵当権を設定することで、銀行はいつでも六〇〇〇〇円の融資ができるというのだ。やはり、興任の信用は名護辺りまで聞こえているらしいなー」

「では、何の心配もいらないのだな？」

「当たり前じゃないか。それもだなー、その金は、安全な国頭《くにがみ》銀行株を買うための借り入れだから、国頭銀行株は確実に私たちの手にある。何一つ心配はいらないよ。担保の設定は、銀行から資金を借り入れる時の形式的な手続きみたいなものだ」

「その手続きだけで、銀行はそんな大金を貸してくれるのか？」

「それは興任の財産の絶大な信頼があるからさ。それに、この事業投資が成功するのは目に見えているから、その利益は大きなものになって返ってくる。融資を受けるための抵当権設定はすぐに外《はず》されるから、興任の登記簿は真っさらになり、興任に戻されることになる。少しも心配することはないさー」

「でもなー、このことは兄弟たちに相談してみないと……」

「興任、お前、家長だろう!!　一家のために家長がなさんとする大仕事なのだよ。誰の許しが必要なのだ？　それにだ。伊波家長男の興任が、これから経営者の新しい道を踏み出そうとしているんだ。今帰仁間切《なきじんまぎり》に埋もれていた人材が世に出る！　こんな名誉なことを、兄弟たちが反対するはずがないではないか！」

世間を知らない興任にとって、親友の口から出る――経営者、新しい道――という言葉は、媚薬のように心中に広がっていった。

そして翌日、二人は連れ立って今帰仁に戻り、陽が落ちるのを待ちかねたように、大井川のている気配のみで、犬の遠吠えだけが聞こえる。肩をくみ千鳥足のシルエットが、声を掛け合いながら歩いている。時には、立ち止まり、お互いに夢を塗りたくった新職名で呼び合っている。

「さかなやー」に繰り出していた。二人が家路にご帰還の時刻には、辺りの家々はすでに寝入っ
「未来の伊波興任社長！　やっぱり、お前は社長の器だよ！」

「新垣新吉専務！　部下への目配りは怠るなよー！」

「はい、社長、承知いたしました」

第一五世興任の軽挙によって、泊士《とまりさむれー》族雍姓伊波一族を貧困と離散に落とし込む導火線に火が点けられた。そして、それからほどなく、連帯保証人の署名と、抵当権設定のための権利証と印鑑が、興任の一存によって、新垣新吉に預けられた。これが悪夢のような出来事の始まりであった。

屋取《やーどぅい》集落

一九〇五（明治三八）年七月下旬、夜のしじまが明けきらぬ午前三時、突然、新垣新吉が尾羽《おは》打ち枯らしたような風体で興任家の雨戸を叩いた。伊波一族にとっては、寝耳に水の大騒動がはじまった。

座敷に招きいれられた新吉は、茣蓙《ござ》が擦り切れんばかりに額をつけ、ただ、ただ――申しわけない、申しわけない――を繰り返すばかりである。

「新吉、一体、何があったのだ？　申しわけないだけでは、事の意味が分からないではないか」

新吉の口から伝えられる話は脈絡を失っていた。興任は冷静さを取り戻した頭で、切れぎれの話をつないで、はじめて、新吉の来訪の意味を理解できるようになった。

――国頭《くにがみ》銀行株の購入資金として沖縄銀行から借り入れた六〇〇〇円の大金を、大阪堂島米穀取引所での米の先物取引所の商品相場に投入し、相場で大損した結果、新垣新吉の有限会社沖縄新榮興業が倒産してしまったということ――を、自らの口で伝えているのである。

興任の心臓は早鐘《はやがね》のように鼓動をはじめた。気は自分の身体から離れ、まるで宙に飛び出したかのように思えた。涙を浮かべながら繰り返す新吉の繰り言は、音が消えたように、パク、パク動いて見えた。

興任は気を取り直し、急遽、兄弟たちを座敷に呼び集めた。何事が出来《しゅったい》したのかと皆が駆けつけてみると、上がり框《かまち》には肩を落とし目もうつろな興任がへたり込んでいた。兄弟たちが事の顚末を知ったときには、もう、手の打ちようがない、すべての終わりを知ることでもあった。

銀行による差し押さえは、それほどの時をおかずに執行され、家屋敷・田畑を含む全不動産の抵当権設定によって、八〇〇坪の家屋敷と二町歩近くの田畑は、商法の冷厳なルールによって、銀行の管理下に入った。

今帰仁間切仲宗根《なきじんまぎりなかそね》の旧士族たーぶっくぁ（多くの田畑所有者）伊波と呼ばれていた一族は、興任の代ですべての財産を失い、一夜にして、無産一族に追いやられてしまった。

家屋敷と田畑を失った、伊波一族のその後の一部を紹介しよう。

伊波興任は、もともと腺病質であったが、一族の離散騒動後、上運天《かみうんてん》の農作業小屋を借りて、そこで生活するようになるが、間もなく病の床に伏せるようになった。興任の看護に明け暮れていた妻鶴も、相次いで寝込むようになった。二人とも全身の倦怠感や微熱、寝汗に苦しみ、咳も収まらず、医師の見立てにより「肺病」と診断された。

農作業小屋は隔離小屋に変わり、二人ともその隔離小屋で、一年も経たずして相次いで亡くなった。一三歳の息子の興慶は、那覇の薪炭《しんたん》商に奉公に出され、六歳のチルは興來の次男興用の妻ゴゼイと三男興道の妻ウサがしばらく面倒を見ていたが、次男興用が恩納間切《おんなまぎり》に移り住むことになり、実の子に恵まれなかった三男興道が、末妹のウト（一八九八生）と一歳違いの姪チルを実の子のように育てた。

わが祖父興用についてはのちにくわしくふれるので、ここでは省く。

三男興道は昭和の一〇年代まで今帰仁村で、やぶーたんめぇー（やぶ医師のおじいさん）と呼ばれていた。ここでの呼称「やぶー」は、正式な国家資格を持たない医師の呼び方である。仲村渠《なかんだかり》道久師宅での、わずか二年ばかりの医学書転書と整理で身につけた漢方医学の知識だけで今帰仁《なきじん》間切仲宗根《まぎりなかそね》に留まり、間もなく漢方診療所を再開した。鍼灸術などの施療を行ない、田舎の人たちの信望を集めていたと伝聞されているから驚くばかりである。一九五一（昭和二六）年、七四歳の生涯を閉じた。

長女サトは父興來が存命中に一九歳で羽地間切《はねちまぎり》に嫁ぎ、その後、孫子《まごこ》にも恵まれた人生を送ったという。

四男の興宣は一時、那覇泊《とまり》の鍛冶屋仲本家で修行奉公し、その後、今帰仁間切でかんじゃーやぁー（鍛冶屋）を開業するが、鍛冶屋は繁盛して財を成し、那覇からの文化著名人や旅回り役者たちが引きも切らずに宿にし、もてなしを受けていたという。五男興晶は具志川間切《ぐしかわまぎり》に移り住み、末妹のウトは姉の縁で羽地間切《はねちまぎり》に嫁いだというが、その後の二人の詳しい消息は伝えられていない。あれだけ強い絆で結ばれていた伊波一族は、ここに離散してしまった。

さて、ここからは、私の祖父、伊波興用にはじまり、私たちに至るまでの物語のつづきをはじめることにする。

恩納岳《うんなだき》の山裾には、まるで白い雲が林間に枝かかがりでもしているかのように、伊集《いじゅ》（常緑高木）

の白い花が咲きそろっていた。

その年は、六月の声を聞くと、いつもより早く梅雨が明けた。

丁度、その時、伊波興用三〇歳。童名は松金《まちがに》、唐名は庸逢寵《ようほうちょう》という。妻ゴゼイ二七歳。夫婦ともこれまで農作業で一切手を汚したこともないまま、恩納間切安富祖《おんなまぎりあふそ》に屋取者《やーどぅい》として流れ着いた。

長男興光八歳。長女ウシ（ウシは牛の字ではない。をし［愛］をウシと発音した。愛《いと》しき子の意である）六歳。次男興明四歳。次女ツル二歳。その後、同地で三男興達、三女ウトと四女トシが新しく家族に加わった。

この地には同じ中学で机を並べた松村が、恩納間切《おんなまぎり》（村）の吏員として勤めており、彼のつてもあり、この地を屋取《やーどぅい》（山野を開墾して生活の場とした集落のこと）先として決めた。

屋取《やーどぅい》とは「宿る」を語源にするが、琉球王朝の財政基盤を支えていた農村は、毎年のごとく襲来する台風や干ばつにより耕作地は荒れて、農業の生産性は低かった。その上、士族と呼ばれる遊休人口が、最高時には一人の農民に四人がぶらさがっている状況であり、王府への納税のほか、地方役人たちから課せられていた賦役などにより、民百姓《たみひゃくしょう》の生活は、極貧状態にあった。（『上杉県令巡回日誌』上杉茂憲［在任期間・一八八一～八三］）

琉球王朝と大和《やまと》新政府は、官位・官職不足による就職難対策として、尚敬《しょうけい》王時代（一七一三～五二）、尚温《しょうおん》王時代（一七九五～一八〇二）、廃藩置県（一八七一）後、そして、一九〇三（明治三六）年の土地整理事業完了以降の四次にわたって貧窮士族の帰農政策を推進した。一八九九（明治三二）年頃、特に人口移動が見られ、その主体は下級士族であり、一般的には失業・零落士族が中心であった。その結果、首里、那覇、泊に集中していた旧士族人口が各農村地に移動することになり、それぞれの地域で屋取《やーどぅい》集落を形成することになる。この政策的施行はいわば旧士族への授産（仕事を授けて、生活の道を得させること）と就業対策であった。

一九〇五（明治三八）年末の恩納間切の人口調査によれば、総人口は五四八五人となっており、そのうち旧士族は一五四二人と、総人口の約二八パーセントを占め、この間切（村）への旧士族たちの流入はいかに多数に上っていたかが窺える。

従来からの住民にとっては、「今まで威張って百姓を馬鹿にして、今は我々のおかげで生き延びている」との感情があり、屋取《やーどぅい》旧士族たち側には「われわれは士族《さむれー》だ、お前たちとは違う」という士族意識が強く、相互の意思の疎通には困難が伴っていた。

恩納岳の麓の上原《うーばる》一帯には旧士族の帰農家が約一九戸あり、安富祖《あふそ》川上流域から山頂部側に点在していたという。

わが祖父である興用はこの地域に遅れて入植したこともあり、安富祖からブート岳の尾根筋を登って金武町喜瀬武原《きんちょうきせんばる》に抜ける山道があったが、屋取《やーどぅい》集団が暮らす麓からさらに約三〇〇メートルの急勾配の山道をたどり、山の頂上部に近い二軒目に掘っ立て小屋を掛けた。

知人松村の誇大な吹聴があったと思われるが、――世が世であれば、学士様にもなれ、とりわけ書に秀でた人士が、安富祖に寄留してきた――と、役場で噂になり、書記が挨拶を兼ねて訪ねて来た。

「松村から書のご高名を伺っております。ぜひ、間切役場に掲げる揮毫《きごう》をお願いしたい」
私の兄義安の妻貴美子さんの父故古波蔵清一氏（一九〇六〜九三。〈『恩納村仲泊《なかどまり》移民史』著者、恩納村文化財保護委員、公務多数〉）が、古老から伝え聞いたところによると、その扁額の書には、確か『論語』巻第七「子路第十三」二五が書かれていたという。その書の揮毫名は興用の唐名である庸逢寵《ようほうちょう》となっていたので、後に判ったことだが、まさかその揮毫者の孫が、わが娘の婿となるとは、人の縁というのは誠に不可思議なことだと語っていたという。

君子易事而難説也　　君子は事《つか》え易《やす》くして説《よろこ》ばしめ難《がた》し。
説之不以道　不説也　　これを説《よろこ》ばしむるに道を以てせざれば、説ばざるなり。
及其使人也　器之　　其の人を使うに及びては、これを器《うつわ》にす。
小人難事而易説也　　小人《しょうじん》は事《つか》え難《がた》くして説《よろこ》ばしめ易《やす》し。
説之雖不以道　説也　　これを説《よろこ》ばしむるに道を以てせずと雖《いえ》ども、説《よろこ》ぶなり。
及其使人也　求備焉　　其の人を使うに及びては、備《そな》わらんことを求む。
光緒三十一年　乙巳　　庸逢寵
（『論語』巻第七「子路第十三」二五　金谷治訳注　岩波文庫）

祖父興用が入植し小屋掛けした場所は山奥であり、開墾して畑を拓くには不向きであった。そのため、生活の糧として残された手段は、この地で言う「山仕事」しかなかった。当時の庶民の家屋は、屋根材としての瓦、壁材としての板使用は一般的でなく、竹茅《たけかや》で屋根を葺き、山原竹《やんばるだけ》が主材となって土壁を塗り建造されていた。興用は、やったこともない「山仕事」に取り組んだ。山に豊富に生い茂っていた竹茅や山原竹を切り出し、港の集荷場まで運びだし、わずかな金銭を得ていた。その他、共有地の木を伐っての薪炭は高い値で売られたが、山が荒れるという理由で、薪炭づくりは厳しい条件を課されていく。興用は山原竹や竹茅を背負い、朝早くから陽が落ちるまで港の集荷場と山を何度も往復していたが、子沢山の家族を支えるのは容易ではなかった。

当時の荷物輸送は二本の帆柱を持つ山原船《やんばるせん》が主な輸送手段であり、消費地の那覇と生産地山原の中継地に位置する安富祖の港は、大いに賑わっていたという。

恩納岳の夜の闇は深い。昼間、うるさいほど鳴き声を競っていた蟬も静まり、こおろぎや鈴虫のやさしい羽擦りの音が、足元に広がっている。

興用は里の灯を身じろぎもしないでじっと見下ろしていた。肉体は骨肉が混ぜ物にでもなったように悲鳴を上げていたが、精神は綱線の上を青い炎が走り抜けるように尖《とが》っている。

突然、今帰仁《なきじん》間切（村）の伊波一族が崩壊した、あの日の情景が思い返された。

数人の差し押さえ執行官たちは、手慣れたように目ぼしい品物に差し押さえ札を張り付け、控え簿に書き込んでいく。

執行官たちは興用の家屋の書架に並ぶ、第十四世の亡父興來が心血を注いで収集した漢籍蔵書を抜きだし、中をパラパラと改めた後、それらの漢書を次々と板の間に抛《ほう》り投げた。台上に乗りながら本をめくる執行官のひとりが嘲笑するように発した言葉によって、無言で立ち会っている興用の胸に、まるで剣先で刺し貫かれるような痛みが走った。

「いつまでも、黴《かび》の生えたような、こんな漢書の教えを後生大事にしているから、無様な末路を辿るようになるんだ」

「……」

その差し押さえを免れた漢書が、山小屋まで運ばれていた。しかし、恩納間切のそれらの書籍は、興用の手で一度も開かれることもなく、莚《むしろ》で覆われたままであった。

興用は闇の中で、喉を振り絞るような言葉を吐いた。

「吾、天を怨《うら》む。地に哭《な》き、吾、魂の置《お》き処《どころ》なし」

その言葉を引きずるようにして、突然、小屋に駆け込み、莚を跳ね上げ、書籍を次々と庭先に運び出し、積み上げ始めた。小屋に駆け戻った興用は、手に松明《たいまつ》を掲げ、まるで能の所作のような摺《す》り足で、積み上げた書籍の前に立ち、祈りにも似た言葉を口にしながら火を点《つ》けた。炎は書籍の頁をめくるような音を立てながら辺りを照らした。

興用の双眸《そうぼう》からは、とどまることなく涙があふれ出した。そして、天空に向かい、「ウォー……」と、まるで狼のように叫び声を上げた。

それから一年ほどが経った。

腰に荒縄を締め、片手に酒瓶をぶら下げ、山から酒を求めにくる興用の姿が、安富祖の里で評判になった。その足元は昼間から千鳥足であった。

大人たちは、学士様にもなれた人と崇めていた興用の変貌ぶりに驚かされたが、間もなく声を潜め、自分の子どもたちに、こう諭すようになった。

「えー、あの人を見てごらん。余りに学問が過ぎて、ふりむん《痴れ者》になってしまったそうよ。だから、学問もほどほどにしないと、あの人のようになるよー」

年季奉公

一九〇六（明治三九）年、山々の木々が競い合ううりずん（二月〜四月）の季節を迎えた。食べ物にさえ事欠く貧窮者にとっては、まわりの自然が騒がしくなりはじめても何一つ恵みが与えられるわけでもなく、強いて考えれば、足裏のアカギレの痛みが和《やわ》らぎだした思いしか覚えなかった。

貧窮者たちは税の支払いや生活費のために、富農の土地持ちから借金をして、日々をしのいでいた。借金時に証文を差し出すが、それには利子や元利返済方法が記されており、その返済方法のほとんどが、労働力によるものであった。いわゆる下男下女奉公である。

年限を決めて下男下女奉公させるのを「入りちりー」と言い、その他、少額の借金返済の方法として、月の労働日を何日間と決め、借金を労働で返済する「しかま」があり、身売り、または年季奉公と呼ばれていた。

その究極の形態が、糸満《いとまん》の漁師に身売りされる男子の「糸満売り」や子女を遊女として身売りするのを「じゅり売り」といった。その歓楽街は那覇の辻《つじ》町にあった。

私の父である長男興光と長女のウシは、恩納尋常小学校の四年生と二年生になっていた。

谷川の水は素足にひんやりとまとわりつきながら流れている。両手で水をすくい、口いっぱいにして喉をうるおした。水桶に水を満たし、天秤棒《てんびん》でかつぎあげ、これから約二〇〇メートルの山道を家まで運びあげなければならない。この飲み水の確保は、興光の朝夕の仕事である。バランスを取りながら少しでも樽の水をこぼさずに家までたどり着こうとすると、急勾配の山道を足の指でしっかり土をかませ、天秤棒の前後の樽紐をしっかりつかみ、体は開き気味に少し斜めを向き、一歩一歩足を運ばなければ、たちまちバランスを失い、山道から転げ落ちてしまう。このコツは何度も坂道を転げ落ちて学んだ。

長女ウシは二頭飼っている山羊の餌にする草刈りの朝仕事を済ませなければならない。草刈りの鎌を伸ばすまえに、まず、手にしている六尺棒を振り下ろし、周囲をたたいてから仕事に取り掛かる。いきなり草むらに鎌を入れるとハブの攻撃を受ける心配があるからである。

二人とも登校前の朝仕事を済ませ、さつま芋とその若葉を具にした味噌汁で朝食をすませた。クマゼミが朝陽の中で――シャンシャン――と鳴き始める。

その鳴き声に促されるように、二人は風呂敷に学用品と昼食のさつま芋を二個包み、学校へ行く準備を急いで整えた。

今まで、部屋の奥で背中を丸めて寝ていた父（筆者の祖父興用）が起き出してきた。

「二人に話したいことがある。そこに待て、まて！」

二日酔いがまだ抜け切れず、焦点の定まらない目をした父が、突然、大声で二人を呼び止めた。

「興光、ウシ、二人とも、今日から学校に行かなくとも良い！」

父の言葉は雷鳴にも似て、二人を金縛りにしてしまった。

興光は父の言葉に、口を真一文字にしてうつむいた。少し間をおいて、突然、妹のウシは大声を上げて泣きながら駄々をこねはじめた。

「いやだ‼　いやだ‼　学校へ行く！　いやだー……」

父は拳を振り上げ、泣きじゃくるウシに駆け寄ってきたが、その前に母ゴゼイ（私の祖母）が立ちはだかった。そして、ウシをしっかり抱きしめた。

下の妹のツルは、突然のできごとに目を丸くしていたが、母の腕の中で大声を上げて泣いているウシに、怪訝そうに近寄ってきた。

ツルはこの頃なめらかになった口で、「ねー、ねー、泣かんで。おりこう、おりこう、泣かないよー、ねーねー、はい」と、泣きじゃくっている姉に黄金虫《こがねむし》を差し出した。

翌日から興光は安富祖の外間《ほかま》家に年季奉公人（九六頁参照）として「入りちりー」（住み込みの労働による借金返済）になり、妹のウシは松崎屋の子守りとして奉公に出された。七歳になったばかりのウシが子どもをおんぶしている姿は、まるで自分と同じほどの背丈の子を引きずっているようにも見えた。父は相変わらず酒浸りの生活から抜け出すことができず、借金と酒代のために、その後、安富祖の山中で生まれた弟の興明も、六歳になるのを待って「しかま」（通いによる労働返済）の年季奉公に出される。兄、妹、弟二人は、それぞれ三家に奉公に出されたのである。

幼い興明はその日までに完了させる指示を受けていた畑仕事を、陽が落ちても終わらせることができずに、兄の興光のもとに泣きついてくることも度々あった。そのつど、兄は自分の仕事を済ませてから、弟の畑に駆けつけ、松明《たいまつ》で火を灯し、その明かりを頼りに弟を手助けしていた。ひとつの年季奉公が明けると、また、すぐに別の借金のために奉公先に出される。この生活がつづくことになる。興光は一八歳まで七度売られたという。

後々、筆者が叔母の長女ウシの口から、よく聞かされたことは、

「あなたたちのお父《とお》ほど、哀れした人はいないよー……。七回も売られて」

兄興光は兄弟姉妹の長女ウシ（一八九九生）、次男興明（一九〇一生）、次女ツル（一九〇三生）、安富祖《あふそ》に移り住んで生まれた三男興達（一九〇七生）、三女ウト（一九一一生）、四女トシ（一九一三生）たちの将来に心を痛めていた。

一九一五（大正四）年、那覇港が竣工し、沖縄でも大正天皇即位奉祝祝賀会が各地で催されていた。その頃の沖縄県の人口は五四万七四二七人となっている。

その年の暮れ、興光は父の目を盗み、弟、次男の興明と、尋常小学校三年生になっていた三男の興達を前袋川の上流にある犬滝に呼び出した。この辺りは草深く、めったなことではこの滝壺近くには人は寄りつかなかった。一〇メートルほどの高さからしぶきを飛び散らして水が流れ落ちている。

弟二人を目の前に座らせ、諭すように話し始めた。

「このままでは、私たちは生涯、年季奉公から抜け出せなくなる。まず、この私の年季奉公は来年の三月に明ける。このまま安富祖に留まっていると、また、これまでと同じように借金のカ

タに売られる。ちょうどいい具合に、南大東島の製糖工場で労働者の募集がある。年季明けを待って、四月から南大東島に働きに出る。それで、興明、お前のことだが、調べてみると当山《とうやま》家への契約証文によると、借金額は三〇〇円で五年の年季となっている。私が南大東島で働いて、大和《やまと》までの旅費を作って送るから、二年は我慢して奉公に精をだせ。それから大和に渡って働け」

「分かった。しかし、残った三年の年季奉公はどうする？」

「当山さんには、これまで散々お世話になってきた。不義理をして逃げ出すわけにはいかないだろう。それで、興達、お前は三年後には小学校尋常科を卒業する。興明の残りの奉公期日は、お前が引き継げ」

まだ、幼さの残った顔に、兄の指示をしっかり受け止めた表情で大きく肯《うなず》いた。

「私も、興明も、とうとう教育を受けることができなかった。興達、お前は、それではだめだ。私が働いて、その学資を必ず作るから、小学校尋常科だけは卒業しろ。卒業したら、三年間辛抱して、残りの年季奉公の務めを果たせ。そして、年季が明けたら、興明を頼って大和に出ろ。これからは学問がないと、一生下積み生活のままだ」

男兄弟三人の内密の約束が、ここに取り交わされた。


思い起こすと、私が一九六〇（昭和三五）年、琉球列島住民のパスポートを手に高校進学を目指して父同伴で鹿児島に向かっていた、その船上での出来事である。船が鹿児島湾に入ると、各人に入国審査書類が配られたが、父は漢字が入り混じった書類を手にして、膝を震わせていた。

「敏男、これをどのように書けばいい?」

その時はじめて、ひらがなとカタカナの読み書きしかできない父（興光）を知った。

一九一六（大正五）年、長男興光は、父（興用）に断定口調で次のことを伝えた。

「南大東島に働きに行きます。毎月、給金から仕送りをします。弟や妹にこれ以上の苦労をさせないでください。そして、酒も、ほどほどに控えて、がんじゅう《体を労わる》にしていて下さい」

母のゴゼイ（私の祖母）はうつむいて肩をふるわせて泣いていた。

興光の父伊波興用（私の祖父）は、修学した学問を何ひとつ生かすこともなく、その後も、その身中から酒の酔いが抜けることがないまま、失意の屋取《やーどぅい》（山野を開墾して生活の場とした集落のこと）生活一九年、とうとう、一九二四（大正一三）年五月一三日、大きな鼾《いびき》を茅屋《ぼうおく》に響かせ、四九歳の生涯を閉じた。

四の章　琉球の鼓動

南大東島《みなみだいとうじま》

私が生まれた南大東島は、大東諸島三島（南大東島・北大東島・沖大東島）のうち一番大きな島である。南北に少しばかり伸びた円形盆地状の南大東島では、北東の季節風が吹きわたる一二月になると、砂糖黍《サトウキビ》の頭上の白い穂をいっせいになびかせる。それはまるで白い絨毯が空中に敷きつめられているかのように見える。間もなくこの島は、一月から三月にかけて最も活気に満ち溢れた刈り入れ期《どき》を迎える。

南大東島は那覇から東に約三五〇キロメートル、ちょうど位置としては宮崎県の真南にある。まるで、円柱状の珊瑚礁が一〇〇〇メートル近い深海から隆起し、その頂上部が円形の島の姿になっている。海岸は断崖一〇〇メートルを越す絶壁に囲まれ、中央部は凹形の盆地状地形で沼沢池になっており、大池を中心とした三五カ所の池は天水貯水池であり、飲料水に利用される。年間平均気温は二三・三度、年間降水量は一五九一ミリであり、沖縄本島に比べて五〇〇ミリほど少ない。私たちが気象情報や台風情報でよく耳にする島であるが、私はこれまで一度も、自分が生まれた島を訪れたことがないままである。

南北大東島は一八八五（明治一八）年、沖縄県に組み入れられたが、島の周囲は一〇〇メートル近い断崖絶壁に囲まれているため、本船はまず海岸から一〇〇メートルの位置に投錨し、小舟を下ろして海岸と本船との間に太いロープをつなぎ荷役を開始する。荷揚げや人はウインチで吊るした釣り桟橋を利用した。

琉球では大東諸島（南大東島・北大東島・沖大東島）は、ウフアガリジマ（はるか東方の島）として古くからその存在は知られていた。一八九二（明治二五）年には、同諸島が日本の領土として発表された。この島は一九〇〇（明治三三）年から、八丈島出身の玉置半右衛門《たまおきはんうえもん》によって開拓され、サトウキビ（砂糖黍）の植え付けに成功して黒糖の生産と沖大東島（旧名ラサ島）の燐鉱石の集積地としての存在であったが、一九一六（大正五）年、半右衛門の病没後、東洋製糖株式会社が玉置商会の経営権を譲り受け、一気に六五〇トンの生産能力を有する製糖工場の建設をめざすこととなる。そのため、沖縄本島から数百人の労働者を雇用して、職工の住宅、仮作業所、倉庫その他のバラック建物、水路工事、鉄道工事等の付帯事業に着手する。東洋製糖も昭和恐慌によって経営不振におちいり、大日本製糖株式会社に合併される。一九四三（昭和一八）年、大日本製糖株式会社は商号を日東興業株式会社とした。

太平洋戦争後、アメリカ軍によって島内のすべての資産が没収され、製糖会社による経営体制は崩壊する。沖大東島は一九七三（昭和四八）年に字《あざ》ラサとしたが、現在は無人島でアメリカ軍の射爆場となっている。（『南大東村誌』比嘉寿助編）

一九歳になったばかりの私の父伊波興光も、その沖縄出身の労働者のひとりとして南大東島に向かっていたが、わずか四〇〇トン余りの貨物船の船底に押し込められ、ローリングやピッチングの度に、胃の腑が喉元まで駆け上がってきて、船酔いの責苦にあっていた。

興光の側《そば》でつきっきりで世話をしてくれたのが、同じ恩納村《おんなそん》で青年団活動を一緒にしていた漁師あがりの大城洋善であった。四歳年上の洋善は、すでに家庭持ちで子どもが一人いた。南大東島の建設現場にかき集められた荒くれ労働者の中で、何くれとなく若い興光をかばってくれた。

私の父興光は生涯、酒をたしなむことはなかったが、それは身近で祖父興用が酒によって人格が破壊されていく姿をまざまざと見せつけられていたことによる。

厳しい労務を終えた労働者たちは、バラックで、お決まりの酒盛りによって、その日の疲れを癒し、憂さ晴らしをするのが常だったが、興光はその輪から離れ、機械操作書や工具説明書を一生懸命に読んでいた。ただし、ひらがなやカタカナしか読めないこともあって、恥をしのぶように読み方やその意味を周りの者に教えてもらい、鉛筆を舐めなめノートに書き込んでいた。

飯場で一番若い青年のひたむきさに、横合いからちょっかいを出す者はいなかった。何よりも機械類が好きだと見えて、暇をみつけては工場に顔を出し、他の機械工からうるさがられるほど、いろいろな質問を浴びせては聞き書きをしていた。

その姿を江崎龍雄所長はじーっと見つめていたが、足音を忍ばせるように興光の背後に回り込み、肩ごしにそのノートをのぞき見て驚いた。書き込まれていた文字のすべてが、ひらがなとカタカナであった。

南大東島には一九一七（大正六）年、全島に軽便鉄道が敷設され、サトウキビの搬送に威力を発揮するようになり、製糖工場の操業はフル回転をするようになる。

南大東島に渡ってきて一年が過ぎるころになると、興光もやっと、仕事や周りの労働者とのつき合いにも慣れてきた。

突然、東洋製糖株式会社の人事部から事務所へ来るようにとの連絡がきた。急いで出向くと、すでに浜崎さんと金城さんが先に長椅子に並んで座っていた。興光は中学校卒業生という二人には、いつも分からないことを教えてもらっていたので、この二人と一緒に呼び出されたことを訝《いぶか》った。頭をペコリとさげ、二人から少し間を空け長椅子に腰を下ろした。

すると、事務所の中から声がかかった。

「三人ともそろったら、中に入りなさい」

事務所の中に入るのは初めてのことであり、興光は体をこわばらせて二人の後につづく。事務員の目が一斉に三人に注がれると、なおさら足が震えた。

入来《いりき》総務課長が三人に席をすすめ、着席を見届けた江崎所長から、低い調子の声で次のことが申し渡された。

「この度、ここに呼び出した三人は労働意欲も態度も特に優れている。よって、来月から東洋製糖株式会社の臨時工として採用する。このまま、職務に精励すれば、半年後には正式職工として働いてもらう道も開ける」

思いもよらない言葉だった。――中学出の二人と同じに、私が……――

それから半年間、まさに興光の勤勉な働きぶりは、衆目の一致するところとなった。そして、工場の心臓部とも言われる発電機部に正式職工としての役務を命じられた。

一緒に恩納村から出て来た大城洋善は、仲間と呼ばれる農家の雇人となって島に留まっていたが、月に一度は必ずお互い都合をつけ、会う機会を作っていた。そのときのそば屋の支払いは、間もなく、給与が高い興光がするようになっていた。

二人とも下戸で、勢いよくのぼるサイダーの気泡をながめながら、コップを合わせた。

「あんたたち、ほんとにおかしいさぁ、子どもみたいに、飲み物はいつもサイダーだから。だぁー、今日は何、食べるねー。はい、豆腐ちゃんぷるーねぇ、分かった、それに、らふてぃー、すーちか、みみがー、くーぶいりちぃー、ぐるくんの唐揚げね、分かった。すぐ作るから、ちょっと待っていてね」

とりあえずという言葉で料理を頼んだが、間もなく、菊おばさんは汗を拭き拭き料理皿を運んできた。

「このかじき鮪の刺身はサービスね」

テーブル上には満漢全席のように料理の皿が並んだ。

箸をのばしながらの洋善さんは、いつもよりはしゃいでいた。

「あの興光が会社の職工に採用されたって、今、島中の話題だぞー。同じ村の出身として、俺も鼻が高いさぁ。これからは給料取りだ。おめでとう」

「ありがとう。洋善兄さんが一緒に居てくれたおかげで、どんなに助かったことか。これも、みんな兄さんのおかげです。ありがとうございます」

興光は、生来、機械類が性に合っていたらしく、職工長から教えられることの呑み込みは早く、疑問が生ずると何事も曖昧に済ますことができず、その日も、鉛筆をなめながら、ノートに職工長の説明を書きとめていた。

そして、身を粉にして働く会社勤めも、間もなく三年目を迎えようとしていた。

一九二〇（大正九）年の一二月、その日は珍しく洋善兄さんから――話がある――との呼び出しを受け、いつものそば屋で顔を合わせていた。

菊おばさんは二人が揃ったのを見て、声を掛けた。

「あんたたち、こんなに寒いのに、今日もサイダーねー？」

洋善兄さんは苦笑しながら、

「おばさん、今日はサイダーはやめておこう。興光、温かいソーキそばでいいよな」

「うん。ソーキでいい」

「おばさん、今日は愛想がないけど、ソーキだけ、ふたつでいい」

菊おばさんは、大きな体を揺すりながら厨房に消えた。

「ところで、兄さん、話ってどんなことなの？」

「二人で大東島に渡ってきて、もう四年が過ぎたなー。興光も来年は二四歳になる。どうだ、そろそろ身を固める気はないか？」

「兄さん、こんな遠く離れた島まで、嫁に来てくれる人なんかいませんよ」

「それがだなー、大いに脈ありの話があるんだ。安富祖《あふそ》の集会場裏の田崎盛堅さんを知っているだろう。そこの長女のウシが、今年で二〇歳になった。この前、手紙で家の用事を頼んだついでに、お前には断りなしだったが、少しさぐりを入れてみたのだ。そしたら、田崎さんから――

興光さんは真面目で、気立てもいいし、娘をもらってくれるとありがたい――と、返事が来たぞ。どうだ、お前も、そろそろ里帰りでもして、この際、見合いをして、大東島に戻って来るときには、嫁さん連れの凱旋帰島をしたらどうだ?」

その話はトントン拍子に事が運ばれた。興光が里帰りの機会に見合いの席がもたれ、その一週間後、一九二一(大正一〇)年二月五日、駆け足のごとく、田崎盛堅の長女ウシと夫婦の杯が交わされた。興光は二四歳を目前にしており、ウシは二一歳だった。

親類縁者と限られた近隣者の結婚式は、新婦の実家である田崎家で行なわれた。その朝、息子興光は父興用(筆者の祖父)に、せめて、祝言の杯と嫁を迎える挨拶が済むまでは酒を控えて欲しいと懇願していた。父の挨拶も、折角のめでたい門出の席だからと、真榮田区長が書き付けを用意してくれていて、その挨拶は素面《すめん》(しらふ)で読み上げた。しかし、書き付けを持つ両手は酒の禁断症状なのか、震えが止まらなかった。

そして、息子の結婚式の酒宴がはじまった。興用は、満を持していたかのように手酌で酒を流し込んでいたが、間もなく、正体もなく大の字になってしまった。

祖父興用の晩年は、さすがに、年齢を重ねるごとに酒量は減っていたが、生涯、その身中から酔いが抜けることがなかった。

――精魂を傾け、わが身に修した漢学は時代の用をなさず。親の命ずるままのわが生の道、無官無職は世の任を外れ、世間に弾《はじ》かれ、己の今の無様《ぶざま》な後ろ姿を指差し嗤《わら》う……。あれが、武士《さむれー》伊波《いふぁー》の成れの果てなり! と。

山を拓《ひら》き、鍬鎌を手に新しき道に挑めども、わが家族の胃の腑さえ満たすこと叶わず、情けなきかな。それどころか、わが子らを苦役に売り飛ばし、その上がり銭で酔いを買う。わが魂よ、かぎりなくその正体を失い、酔って痴《し》れよ‼――

わが祖父は、人生の地図を見失い、迷い道の最中に座り込んだまま、再び、という気力を、酒に酔うことで、道探しから逃げてしまった……。その祖父も無念の日々を酒の酔いにわが心を漂わせたまま、ついに、ふたたび生きる喜びの櫂《かい》を握ろうとしないまま、四九歳の人生を終えた。妻ゴゼイ（筆者の祖母）は四六歳にして寡婦となる。

辛いモノトーンの映像が浮かぶ……。ブート岳への夜道を、子どもたちを年季奉公に売り飛ばし、その金で入手した酒瓶をぶら下げ、足元をふらつかせながら登っていく祖父の後ろ姿を思い描くだけで、痛ましさがふつふつと湧きあがる。私自身も一時、離婚後、底なしの喪失感にとらわれ、酒の酔いでその鬱屈を紛らわそうともがいていた。やはり、道を見失った者の心の痛みに、あの時の自分を重ねると、やりきれなさがつのってくる。

二人のウシ

一九二一（大正一〇）年、妻ウシを迎えての興光の新婚生活は、東洋製糖株式会社の社宅からはじまった。

夫婦は一九二三（大正一二）年に長男の興善、その二年後に長女ヨシ子を授かった。私にとっては腹違いの兄と姉になる。ヨシ子の出産後、ウシは産後の肥立ちが悪く、不眠とめまいや発熱に苦しめられ、寝込む日が多くなった。

東洋製糖株式会社（のちに、東洋製糖は昭和恐慌によって経営不振となり大日本製糖株式会社に合併される）には付属病院があり、医師二名、看護師三名、薬剤師二名、助産師の八名で、大東島民の健康管理と病気治療にあたっていた。興光は、余りに長く床《とこ》上げができない妻ウシを馬車に乗せて連れていき、病院の診察を受けさせたところ、病名は「心臓疾患」と診断された。

――できることなら、すぐに入院して治療を――と、すすめられたが、家庭の状況などを話し、絶対安静を守ることを条件に、自宅療養が認められた。

本来なら、笑い声に満たされているはずの新家庭は、妻は床に伏せ、農作業と妻の介護、そして、幼子二人の世話に追いまくられる日々がつづく。興光は持ち前の気丈夫さで、八面六臂《はちめんろっぴ》の必死さで立ち向かっていた。

この立ち働きぶりは、島の主婦たちの話題になっていた。

「あの興光さんのかいがいしさを見てよ。うちのお父さんに、興光さんの爪の垢でも煎じて飲ませたいものだねぇ。ウシさんも子どもたちも、こんなに大切にされてぇ……。あの人は男の鑑さぁ。うらやましいねぇ」

しかし、妻ウシはその後、三年間床上げもできないまま、一九二八（昭和三）年、五歳と三歳の子どもを残して帰らぬ人となった。結婚生活はわずか七年、享年二八。短い薄幸の人生であった。

幼子二人が残されたが、興善とヨシ子は、沖縄で暮らしていた祖母ゴゼイの元で、育てられることになった。

腹違いの姉のヨシ子は大阪の紡績工場で結核に罹患し、祖母ゴゼイの元で療養していたが、一九四四（昭和一九）年、一〇・一〇空襲の日に喀血《かっけつ》し大量の血を毛布に染みこませながら、一九歳の若さでなくなった。兄興善は、その後、東京の工業専門学校に学び、南大東島の大日本製糖株式会社直営売店で職を得たが、この地から北支（中国北部）に出征した。二年間のシベリア抑留生活中に結核を患い、眼窩は落ち窪み、まるで身体から骨以外は削ぎ落とされたような姿で、一九四七（昭和二二）年に復員してきた。人間の活力をシベリアの凍土《とうど》の中に閉じ込めてきたかのように、肉体的にも精神的にも痛めつけられたままの帰郷だった。その年、すぐに結婚し、五人の子どもをもうけるが、病気入院や自宅療養生活から抜け出せず、経済的にも父の援助を受けながらの生活だった。興善兄さんとは言葉を交わした記憶もないほど無口だった。

それは夏の盛りの頃だった。私は母の言いつけで皿に盛ったかぼちゃの煮つけを届けた。

「興善兄さん、おいしいかぼちゃだよ、お母《かぁ》が、うんと食べて元気を出しなさいって」

私の呼び掛けに少し身を起こし、うなずき返しながら、はだけたままの浴衣の胸に、けだるそうに団扇《うちわ》で風を送っていた。私の目は一本一本が異様なほど浮き出ている肋骨に釘付けになった。戦争は異母兄の人生を吸いつくし、一九六五（昭和四〇）年にその短い人生を終えた。享年四一。

さて、ここからは、伊波興光の後添いとなる私の母、久場《くば》兼令の長女ウシについて語ることにしよう。

本部町伊豆味《もとぶ いずみ》は、谷間《たにあい》の樹木に隠れるように、平屋の家屋が点在し、今でも沖縄農村の原風景を残している集落のひとつである。そのほとんどが屋取《やーどぅい》（開墾地）旧士族の子孫たちである。

ウシは下級士族の久場兼令の長女として一九〇四（明治三七）年に生まれ、家庭は貧しく、尋常小学校入学時には近所の子守に出され、学校へもその子をおぶって通ったという。

後年、本人が語ったところによると、当時の伊豆味尋常小学校の照屋校長は、ウシの子守をしながらの通学に心を配り、授業を受けるウシの横でその子を遊ばせることも、教室内でオムツを交換することも許し、何くれとなく声を掛け、励ましてくれたという。時には、子どもなりの知恵を働かせ、陽が落ちるまで校長室に子どもをあずけたまま、遊びの輪に加わることもあったという。「校長様には、返せないほどの恩義を被った」というのが、伊豆味の昔話をするときの母の口癖だった。

一九二〇年代の沖縄は、紡績女工の一大供給地であった。娘たちは集団で大和《やまと》（本土）の紡績工業地に送られていたが、ウシも一七歳の時に、妹二人と共に岡山県倉敷に向かった。

その妹たちの話すところによれば、

「姉さんは一人で何台もの紡錘機《ぼうすいき》の担当を任されていたが、製品の不良率が低く、毎月、会社から報奨金をもらっていた。女工たちの楽しみは、週に一度の日曜日。それが唯一の楽しみさぁ。街で買えるはずもない商品を手に取ってみたり、何よりも、キャラメルを口にしながら、映画を観る日を指折り数えて、その日を待っているのに……。それを、ウンミー（姉）は、私たちに月に一回しか休みを許さないわけさ。『街に出れば金を使う。工場に出て働けば金がもらえる』と、非番でも、人が遊んでいるうちにしっかり働き、一銭でも多くの給金をもらって、家に仕送りしようと言うのよ。遊びたい盛りの娘時代でしょう？　日曜日の朝、みんなは身ぎれいにして、連れ立って工場の門から出て行くでしょう？　寮の窓から見えるわけさ。そのときは、ウンミーが鬼ばばぁに見えたさぁ」と、笑い転げながら、当時のことを振り返っていた。

紡績女工の労働条件は劣悪で、同僚たちはつぎつぎと肺結核に罹患し、故郷に戻されていた。

「このままでは、やがて自分たちも、肺病になってしまう」

二〇歳になったウシは、まず二人の妹を先に沖縄に帰し、その一年後に帰郷した。三人の倉敷からの仕送りは、久場家のつましい生活を支えるには、すでに充分すぎるほどの潤いを与えていた。

母の故郷伊豆味の夕闇は足早である。その日は、農作業を早々と切り上げた青年男女が精いっぱい着飾り、伊豆味小学校の教室に顔を揃えていた。

黒板は色とりどりの造花や紙テープで飾りつけが施され、その中央には墨書で大書された模造紙が張られていた。――山城宗賢君のブラジル壮行激励会――

主催者の安里《あさと》青年団長の挨拶が終わると、しじまの闇に沈んでいる校庭まで、青年たちのバンザイの声が響き渡っていた。

——山城宗賢君万歳！　バンザイ！　ばんざい……——

教室は間もなく演芸場に早変わりをする。三線《さんしん》を奏でる音、自慢の喉で流行歌を歌う声、指笛が飛び、青年たちの熱気や嬌声は、まるで村芝居の打ち上げの日のようであった。

入れ替わり立ち替わりの舞台の演芸に夢中になっている者、気の合った者同士で固まり、おしゃべりに夢中になっている者、教室内はいつの間にか、いくつかの人の輪が作られていた。ウシは紡績の出稼ぎ帰りの仲間と、大和の話で盛り上がっていた。

そこに、青年団長を同行した山城宗賢が、顔を赤らめながら近寄ってきた。

いつもは口にしない大和口《やまとぐち》で、ウシに話しかけてきた。

「明日、久場兼令さんはご在宅でしょうか。大事な話があるので青年団長に同行してもらって、夜七時にお伺いしたいとお伝えください」

二人はその翌日、一升瓶をぶら下げて久場家を訪ねてきた。

ウシはお茶を出した後、台所に引っ込んだ。二人の様子から、来宅の目的が自分に関係していることはうすうす察することはできたが、明日植え付けを予定している馬鈴薯の種芋づくりに精を出していた。

しばらくして、二人の「ぐぶりぃーさびたん《お邪魔いたしました》」の声が台所まで届く。

「ウシ、話があるから、ちょっと来て」

父の前に正座したウシは、こう告げられた。

「二人が訪ねて来たのは、お前のことだ。山城宗賢は、叔父からの呼び寄せで、来週、ブラジルに渡るそうだ。『本当は、ウシさんを嫁に頂戴し、一緒にブラジルに行きたいが、叔父の呼び寄せとはいえ、そこがどんなところかもはっきりしていない。また、私の蓄えも十分でないし、何の準備も整えないまま、ウシさんをブラジルに連れて行って苦労を掛けるわけにはいかない。一生懸命働いて結婚資金を蓄えます。二年後に、必ず娘さんを迎えに参りますから、婚約だけでも許してもらいたい』との宗賢からの申し入れだ。宗賢は人物もできているし、この婚約話は良縁だと思うが、ウシも異存はないよな」

父の話は相談というより、すでに承諾した結果を、ただ伝えるだけの口調だった。

「はい」

山城宗賢と久場ウシの婚約は、実にあっさりと成立した。許嫁《いいなずけ》とは親同士の約束で、幼少時に交わされるものだと思いこんでいたが、成人男女間でもこのように成立することもあるのだと、母から知らされた。

しかし、この婚約は結婚までたどり着くことはなかった。なぜならば、それから二年経っても、三年が過ぎ、四年目に入っても、山城宗賢からの便りは、一通も久場家には届かなかったからである。

ウシもあせりを覚えはじめていた。周りの同じ年頃の娘たちは相次いで結婚し、中には子どもさえできているというのに……。

父兼令も次第に婚約相手への愚痴を並べ始め、ついには、安里《あさと》青年団長まで家に呼びつけ、なじる始末であった。

「いったい、どうなっているんだ。宗賢の言葉を信じて婚約を認めたのに、四年経っても、何の音沙汰もないとは……。これでは、ウシは、行かず後家《ごけ》になってしまう」

当時の通常の結婚年齢からすれば、まさしく、二五歳は婚期遅れの年齢に差し掛かっていた。ちょうどその時である。

今帰仁村仲宗根《なきじんそんなかそね》の区長を通じて、久場兼令に話が持ち込まれた。――士族《さむれー》の家格も高い家柄出身で、南大東島で大成功している男がいる。妻に先立たれ、今、後添いを探している。ただし、小さい子どもが二人いるが……。

一九二九（昭和四）年、久場ウシ二五歳の時である。

伊豆味かわいぃぐぁー《可愛い娘》

私の父興光と母ウシの結婚は一九二九（昭和四）年五月一五日である。先妻の死から一年が経っていた。

二人は顔を合わせる機会もないまま、妻となるウシは船からウインチで吊るされたモッコで、南大東島に降り立った。

孫たちはこの話を聞かされると、

「おばぁ、顔も見たこともない人の元に、よく嫁入りする決断をしたねー。それもよー、あんな遠い大東島に渡っていくとは……」

「興光おじぃは、まくとぅむんだ《誠実な人》と聞いて来たから」

南大東島の荷揚場のクレーンの横で、二人は初めて顔を合わせた。荷役作業をしている労働者たちから、盛んに冷やかしの指笛や喚声が上がった。

「興光が、沖縄からじゅり（尾類の当て字もあり、遊郭の女、芸妓。琉歌と三線と琉球舞踊に優れていた）もかなわないほどの、かわいぃぐぁー（可愛い娘）の嫁さんを迎えたぞー」

私の兄姉《きょうだい》は私を含め、男三人、女四人は南大東島で生まれた。妹だけが沖縄島生まれである。

一九三六（昭和一一）年に二・二六事件が起こり、遠い南の島にも何やら窮屈な社会の到来を予感させる出来事があった。

——臨時労働者の○○が、アカの疑いで請願巡査部長派出所に呼ばれた——とかの話題を耳にするようになり、遠い南の島の回覧板にも、やたら勇ましい標語が並ぶようになった。

その年の二月のことである、興光は毎週水曜日の重油使用管理簿の決裁印をもらいに、ノックをしようと所長室の扉の前に立った。室内から所長と庶務課長の会話に、自分の名前があるのを耳にして、つい、立ち聞きをしてしまった。

「庶務課長、伊波興光は勤続何年になるかなー？」

「間もなく二〇年になります」

「そうか、彼の労務評価はどうなっている？」

「勤務成績は良く、誰もが高い評価をしています」

「そうだろうな。どうだろうか、今度の人事異動で、係長に昇格させたいと思っているのだが」

「彼の勤務態度から見ても、誰も異存はないでしょう。ですが……、所長、この昇格人事は、伊波興光を追い込むことになりはしないでしょうか？」

「どうしてだ？」

「所長もご存知でしょう。残念ながら、彼はひらがな、カタカナと、わずかな漢字しか書けません。係長ともなると、いろいろな書類を作成するのも日常業務となります。このことは彼に責《せめ》苦《く》を強いるようなものです。彼のことを考えると……。昇格人事が、逆に苦しめることにならないでしょうか。とても、残念なことですが……」

「そうか――……」

興光は、そのまま管理簿を抱え、戸口を立ち去った。

丁度、数日前、三線仲間の當間さんから、ある相談事を持ちかけられていた。

「両親を弟に預けて来たが、去年、母《おかぁ》が死んだ直後から、父《おとぉ》は明らかにボケ（いまで言う認知症）の症状が現れるようになった。このごろは、徘徊までするようになり、ひどい有り様だ。

――兄さん、父《おとぉ》の面倒をこれ以上見ることはできないから、南大東島に連れて行くか、那覇に戻って面倒を見るか、どちらかにしてくれ――と、弟から矢のような催促だ」

「それで、どうするんだ？」

「そのことで頭を痛めている。仕方ないさぁ、那覇に引き上げようと思っている。それで相談だが、興光は製糖会社の社員だし、付き合いも広いから、ぜひ、お願いしたいのだが、今、私は七町歩の小作権を持っている。今の売買相場は一町歩三〇〇円ぐらいだそうだが、事は急を要しているから、相場なんか言っておられない。もし、買い手がいれば、一町歩一〇〇円でもいい、それもこんなご時世だから、急に七〇〇円のまとまった金を用意するのは大変だと思う。とりあえず、四〇〇円を前金で、残りは毎年一〇〇円の分割払いでいいから、誰か買い手を紹介してもらえないか？」

小作権の売買譲渡は、会社の承認が必要とされていた。

所長と庶務課長の会話を立ち聞きしてから、わずか三日で興光は決断する。

「学歴のない自分の将来は、いつまでも下働きのままだ。思い切って甘蔗（サトウキビ）農家に転身しよう」

當間さんの小作権は、興光が譲り受けることで話がまとまった。会社に辞職を願い出て、小作権譲渡の許諾も同時に会社に申し出た。所長は辞職を思い止まるよう熱心に引きとめたが、興光の決心の固さに、とうとう、辞職と小作権譲渡を認めた。

ここに甘蔗農家としての伊波興光が誕生する。

大城洋善兄さんには、六人の農業労働者の管理をしてもらうために、伊波農場に招いた。

当時の小作農家は、納入甘蔗代金から小作料として三割が製糖会社に差し引かれていた。また、島内での食料品や日用雑貨は製糖会社の販売店で、会社発行の物品引き換え券によって買い求める仕組みになっており、甘蔗納入時にその精算も併せて行なわれていた。個人営業商店は数軒あったが、これらの営業も会社の許可が必要とされていた。

農民と大日本製糖株式会社の間では、「原料価格協定委員会」が設置され、毎年の甘蔗価格や作付け耕作資金の貸出し、肥料購入代の三分の一の補助、農業労働者の募集費の二分の一の補助などが話し合われ、協定を取り交わして、黒砂糖・糖蜜・酒精の国内最大の生産地としての役割を担っていた。しかし、甘蔗売渡価格の低迷により、毎年多量の甘蔗を生産しながらも、中小生産農家の生活は苦しく、製糖会社への債務は増大するばかりであった。(『南大東村誌』比嘉寿助編)

甘蔗農家としての興光が特に力を入れたのが地力の維持であった。これまで大量の化学肥料が使用され、結果として地味を弱らせるという悪循環を繰り返していたが、有機肥料づくりに目を向け、牛、豚、山羊の飼育にも力を入れはじめた。

その一方、次々と小作権を買い増し、その畑地は一三町歩まで拡大され、南大東島でも有数の篤農家に数えられるまでになり、南大東島南区で一番広い家屋を持つ比較的裕福な家となった。この昔話をする時の母ウシの表情は、いつも輝いていた。

「畑はどんなに広かったことか、わが家の畑の中を軽便鉄道が走っていたよ。あの戦争さえなかったらねぇ……」と。その反面、父はこの時代の話は一切口にしなかった。

伊波家にとって、一番安穏な時だったと言われる生活もゆらぎはじめた。沖縄本島から三一二海里東方に位置する大東島諸島にも、太平洋戦争の戦雲が覆いかぶさってきたからである。

日本帝国の起死回生の戦略と呼ばれる「絶対国防圏」構想として「帝国戦争遂行上太平洋及印度洋方面ニ於テ絶対確保スヘキ要域ヲ千島、小笠原、内南洋(中、西部)及西部ニューギニア、スンダ、ビルマヲ含ム圏域トス」は、一九四三(昭和一八)年九月三〇日、御前会議で決定された。しかし、翌年の七月には、マリアナ諸島を完全に失い、絶対国防圏は連合軍の攻勢によって、じりじりと後退することになる。（以上、『絶対国防圏下における日本陸海軍の統合――サイパン島における作戦準備を中心として』屋代宣昭著、「戦史研究年報」第4号、防衛省防衛研究所）

そのため、南方の防衛という軍事戦略上、大東諸島は本土防衛にとっては、きわめて重要な位置に存在する島となった。昭和一九年四月二〇日、球部隊が船団を組んで大東島に向かったが、部隊長船が魚雷攻撃を受け部隊長が戦死し、福沢大尉が代わって指揮する攻撃を逃れた部隊の一部が上陸する。その後、七月には平野大佐が指揮する豊部隊一箇連隊、続いて岡積少佐が指揮する海軍部隊、今沢少佐指揮の設営隊が続々と上陸した。この結果、南大東島の人口が一気に、軍約四〇〇〇人、島民一四〇〇人の計五五〇〇人程にふくれあがった。このことにより、一般島民の食糧事情が悪化し、軍事作戦の遂行優先のために、島民の一部は疎開させられることになる。（『南大東村誌』比嘉寿助編、一四五頁。なお、防衛省資料『沖縄戦関係資料閲覧室』〈内閣府沖縄振興局〉によれば、独立混成第四四旅団〔球部隊〕、大東島支隊球九七六〇隊長深谷正中佐との掲載表示はあるが、『南大東村誌』に掲載されている部隊名と指揮官の名簿は見当たらない。しかしながら、本稿は村誌を引用している）

そのときである。伊波興光は村役場からの呼び出しを受けた。村長室に招き入れられ、二人の軍人から挙手の礼で迎えられた。

緊張して立ち尽くす興光に着席をすすめ、次の言葉が伝えられた。

「時局は重大な時期を迎えている。帝国参謀本部は、この大東諸島を帝国の防衛線として最重要拠点と判断するに至った。ついては、貴殿の家屋敷を国家のために活用することに協力して欲しい。部隊は原少佐が率いる二五〇人の部隊である。家屋は司令部として利用し、一般兵士は庭に野営テントを設営することになる。もし、疎開を望まれるのであれば、国家の協力者として、特別に希望地に軍用船で送り届ける。戦況は急を要するため、明後日の一二時をもって部隊を移動させたい。ぜひとも国家へのご協力をお願いしたい」

明後日という期限は、家を明け渡すには、余りに時間不足であったが、雇用労働者や近隣住民の協力を得て、なんとか荷物を搬出した。疎開地を沖縄本島にしたいと申し出、持ち帰る荷物作りも終えた。しかし、軍用船の調達は、沖縄海域がすでにアメリカ軍の制海下にあり、いつ、その船が南大東島に着岸し、いつ出航するかは不明だと言われた。追って指示があるまで待機するように申し渡されたが、その間、仕方なく、家族は家畜小屋で過ごすことになった。

その他、父興光の頭を悩ませた問題があった。それは、一三町歩の小作権の管理をどうするかということであった。とりあえず、南大東島に残るという隣人のKさんに権利書と印鑑を預けることにした。

「戦局が落ち着いたら必ず戻ってくる。甘蔗農場の経営に復帰するから、それまでの間、畑地は自由に使っても良いので、管理をお願いしたい。時局柄、製糖会社から小作権に関して、どのような申し入れがあるか知れないから、権利書と印鑑は預かって欲しい」

「安心して任せてくれ。興光さんがいつ帰ってきても良いように、畑の管理はしっかりしておくから」

隣家とは長い付き合いもあり、人物を見込んでの委任を取りつけたことで、一番の気掛かりな問題は解決した。

翌朝、突然、原少佐が家畜小屋に顔を出した。

「ご不便をお掛けしております。急なことですが、明日の二二・〇〇、皆さんを軍用船真生丸で那覇までお送りします。なお、船中では探知防止のため、ご家族の会話も控えていただきたい。特に赤子は泣かさないよう、くれぐれもお願いします」

「分かりました」

父は以前から決断していたことを原少佐に申し出た。

「ここには、牛七頭、豚一二匹、山羊四匹、鶏三六羽が飼われております。すべて、兵隊さんの食に供し、帝国のお役に立ててください」

「食料事情が逼迫している折、ご配慮に感謝し、ありがたく受領させていただきます」

米軍潜水艦の探知と魚雷攻撃を避けながらの四隻の軍用船団は、ジグザグ航路を取り、久高島や馬天港に着岸するなどして、やっと四日目に、わが一家は那覇港に送り届けられる。船中の父興光はその間、なぜか袋に包まれた三線《さんしん》を、しっかり胸に抱き続けていたという。

祖母が住む沖縄本島今帰仁村仲宗根《なきじんそんなかそね》に、家族がたどり着いたのは、沖縄全島が猛爆撃にさらされる「一〇・一〇空襲」のわずか四日前で、一九四四（昭和一九）年一〇月六日である。

戦禍から逃れてきたはずが、かえって、アメリカ軍の激しい空爆と地上戦に巻き込まれることになる。私はその時、一歳半でまだ母の乳房を吸っていた。珍しいことには、あの戦火の中、祖母を含め、一家一〇人の逃避行であるが、家族の中からひとりとして戦争犠牲者が出なかった。きっと、父の戦災から免れるための手立てが優れていたからであろうと思われる。

ではどうして、その後、父興光は南大東島の話に触れようとしなかったのだろうか?

太平洋戦争が終結し、大東諸島もアメリカ軍の管理下に入った。

この島の土地のほとんどを所有していた日糖興業株式会社は本土の会社であり、このことにより、土地の所有権をめぐって大きな問題が起きた。

琉球列島米国民政府の土地政策の影響もあり、小作耕作者に土地の所有を認めるという原則を盾に、南大東島では日糖興業株式会社の土地管理権等をめぐって、耕作者と本土会社間の複雑な問題を抱えることとなった。

土地の小作耕作者は土地所有権を求めて司法の場に訴え、数次の裁判所での交渉の結果、琉球列島米国民政府の調停もあり、小作耕作者に所有権を与えるいわゆる「土地所有権認定」(一九六四年七月三〇日民政府布告第二二号)が公布され、一九年間にわたって争われていたこの問題は決着することになる。

ところが、この民政府布告が伊波興光に思わぬ不運を招くことになる。

私の姉文子の夫は高校教師であったが、彼の管轄地が南大東島まで及んでいたこともあり、この小作権権利書と印鑑について、父興光の依頼を受けKさんを訪ねた。しかし、信頼していたはずの隣人は、民政府布告が出された機に乗じて、預かっていた小作権権利書と印鑑を利用して、預け主に何の相談もなく、勝手に転売してしまっていた。

伊波興光名義の一三町歩の小作権のすべてと家屋敷は、他人の手に渡った後だった。父は臍《ほぞ》を噛むしか為す術がなかった。心血を注いで築き上げた結晶は、すべて失われていた。遠い南大東島に託した「信頼」が、まさか、このような結果になろうとは……。

——人を信用して、裏切られる——。自分の不明を恥じる空しさ。このことが父興光の口から「南大東島」という用語を奪ってしまった。

そのKさんは終生——興光さんの信頼を裏切ってしまった。いくらかでも弁済しなければ——と言いつづけていたそうであるが、父もそのKさんも、今は鬼籍の人となった。

伊波家の終戦後の生活再建は、今帰仁村仲宗根《なきじんそんなかそね》からはじまる。無一文の大家族。生活の再建は並大抵の苦労ではなかった。

昼間は農作業で汗を流し、夜はランプを灯しての莚《むしろ》織機の音は毎晩夜一一時まで止まなかった。材料の藺草《いぐさ》は高価で手に入れることはできず、藺草の代用品にアダン〈沖縄の海岸近くに群生する、タコノキ科の常緑小高木〉の葉を手で細く裂いて利用することを思いつく。アダン莚製品は藺草莚に比べ半額だったこともあり、作れば買い手がつき、辛うじて生活の足しになった。

夕食を済ませて、莚織りまでのわずかな時間が、唯一、父にとっては息を抜く時間であった。三線の弦音は、また、家族の団らんの刻《とき》を包んでいた。

生活再建は、生真面目で働き者の父の力に拠るところが大きかったが、何事にも楽天的で、一見茫洋とした七〇歳の母ウシは、父の死後〈一九七九〈昭和五四〉年〉、まるで別人になったのかと思われるほど変わった。これまでの従順な妻は、伊波家の中で生きる術として、まさに自分を閉じ込めることで自分の居場所を見つけていた。

それからの母は、覚醒したかのように家庭内のあらゆる出来事に、的確な判断力を示すようになった。

想い起こせば私が一三歳の時に足の火傷で、学校を休んでいたときに目にした情景がある。夏の日差しが、朝の縁側に差し込んでいた。

祖母ゴゼイはいつものように正座し、肩に手ぬぐいが掛けられ、母の手で髪に櫛が入り、琉球髪を結ってもらっていた。

突然、叱責とともに何かをたたく音がした。目をやると、叩かれていたのは母の尻だった。

祖母の両手の甲の針突《はじち》（琉球諸島に伝わる風習。既婚女性は、手の甲に入墨を施した。一八九九〈明治三二〉年、罰則が適用されるようになり、次第に消滅した）の入墨文様が、悪魔の手のように子どもの目に映っていた。

「下級武士《さむれー》の女子《おなご》は、髪さえまともに結えない。えーい、もう！」

女性の琉球髪は、長く伸ばした豊かな髪を頭頂部で丸くまとめ、簪《かんざし》を挿して整える。その銀の簪もまた、祖母の矜持を支える唯一の宝物で、孫の手にも触れさせないほどであった。

七八歳の祖母ゴゼイの頭髪の量は、年齢相応に少なくなっており、決して豊かと言える状態ではなかった。若い頃の琉球かんぷー（髪）がいつまでも結えると思い込んでいる祖母は、鏡に映る琉球髪の自分を見て、気に入る髪型にまとめられないのは、母の技術の不足に原因があるとの思いから、何度もやり直しを命じていたのである。母ウシは祖母の叱責にも――はい、はい――

と応《こた》えていた。

兄義安の妻貴美子さんが結婚式を終えた日の夜である。

新嫁は母の前に手をつき、家入りの挨拶をした。

「ふつつかな嫁ですが、お母さん、よろしくお願いします」

このとき母から返された言葉に、貴美子さんの緊張が一気に緩んだという。

「貴美子さん、私は姑からいじめられるだけいじめられたから、花を育てるように、あなたを大切にするよぉ。うんと、可愛がるからねー、仲よくしようね」

その言葉がどんなに嬉しかったことか、と。そして、母には亡くなるまで実の子より可愛がってもらったと、兄嫁の貴美子さんは言っていた。

その母ウシは内孫、外孫たちにとっては、大好きなおばあちゃんだった。友達ができると男女を問わず、自分の父母より先に紹介と値踏みを兼ね、祖母に紹介していた。

――あの彼氏、彼女はやめたほうがいい。あの娘は上等――などのアドバイスを受けていたが、孫たちによると、それが、また、不思議なことには人物鑑定が見事に確かだったと驚いていたが、その後、ますます、祖母の周りには孫たちやその友人たちが寄り合った。

孫たちとファストフード店に入っても、――照り焼きハンバーガーとコーラ――のオーダーを出すものだから、店員は注文を聞きただすほどだった。

そんな母の一番の楽しみは、孫たちの担任教師による家庭訪問を待ち受けることだった。その席の中央に座を占め、孫たちの学校での学びの報告を受けていたが、間もなく母の先生への矢継ぎ早の質問が飛ぶ。

「先生はいくつになった？　独身か、既婚者か？　住まいはどこで、どこの出身か？　子どもは何人いて、その性別は？　父母は健在か？　食べ物は何が好きか？」

まるで、先生が逆に家庭訪問を受けているかのようで、その上、話題が豊富であらゆる年代の先生にも対応できていたことから、職員室では家庭訪問から帰った先生たちの話の種にされていた。

垣根越しのおしゃべりから、座敷に招き入れられる客人、あらゆる年代層が母の周りを囲み、笑い声が絶えなかった。まさに、兄義安の家（私にとっては実家）は、誰にでもウェルカムの門戸を開いていたことになる。

その一方、特に人倫《じんりん》（人間が実践すべき道義）に関わることには一切の妥協を許さず、そのときどきの的確な示唆は、子どもたちにとって傾聴に値するものだった。

人の智慧は学問で積み重ねられるものでなく、人生の襞《ひだ》の多さによって産み出されることを、私は自分の母親から教えられた。

私もこう諭されたことがあった。

それは、社会福祉法人の常務理事に就任した時のことである。その時は、きっと得意満面の表情だったと思われるが、その肩書が刷り込まれた名刺を、母に自慢げに差し出した。すると、私の意に反して、母から痛烈な言葉が返ってきた。

「敏男、まぎーやならんどぉー（出世することはいいことではない）、次第に人の心が見えなくなる！」

また、兄義安は沖縄県高等学校障害児学校教職員組合の組合活動にも熱心だった。特に「国旗掲揚・国歌斉唱問題」では、闘いの中心手であったが、その反対運動で教育現場に混乱を与えたとして、一九八六（昭和六一）年七月、地方公務員法第二十九条第一項第一号、第二号及び三号の規定により、懲戒処分を受ける。（その後、皮肉なことには昭和天皇崩御により、この懲戒処分は恩赦で取り消された）

母はどこから耳にしたのか、兄にそのことについて聞きただした。

「義安、罰を受けたそうだが、その罰は、どのようなものか」

兄は処分内容について、分かりやすく説明し、通知された処分内容からすると、これから先、管理職の道が閉ざされるから、給料もあまり上がらないだろうと、つけ加えた。

「と、いうことは、義安は、ずっと教頭や校長になれないということか？」

「はい、そうです」

「そうか、義安、上等さ。なんだ、そんなことか？　そうすると、いつも生徒たちの目の前にいる先生のままだということだね。義安、こんないいことがあるか!!　お上からもらう給料が少なくなるのだから、これからはお上の顔色を窺う心配もないさ。これからは世のため、人のための業《わざ》に尽くせばいいさー」

その時ちょうど、内孫の勤子（兄義安の子）は小学校五年生である。小学校でも卒業式を控え、国旗掲揚をめぐって、父兄まで巻き込んでの騒動が起こっていた。卒業式のリハーサルでも、管理職と一般教師たちのせめぎ合いが、生徒の前で繰り広げられていた。これまでの父の立場（態度）を知っていた勤子は学校から戻り、祖母に泣きながら、その様子を報告したのである。

「何っ！　また、学校に日の丸をあげるって？　だれよー、そんなことをしようとする人は、校長先生？　おばぁは、許さんよー。どうしてよー、また、戦争をしようというのか。だぁー、だぁー、おばぁが、今から学校へ行って、その校長を、ぶんじらーし、しにうーてぃくー（棒で脛を折ってくる）」

「おばぁ、だめよー、ダメよー、行かないでー」

いつものおばぁの行動力なら、本当に学校に乗り込んで行きかねないので、勤子は泣きながら祖母の袖につかまり、必死になって止めたという。

床の間に八八歳の「トーカチ（斗搔）祝い」の時に撮られた、琉装姿でにこやかな表情をした母の写真が飾られている。訪問者はその写真を見て、口をそろえて言った。

「おばぁ、上等な写真だねー。おばぁは、若い時、美人だったでしょう？」

「いや、美人ではないよー。かわいぃぐぁー（可愛い娘）だったさぁ」

その母が昭和天皇の崩御を伝えるテレビ画面に向かってつぶやいた。

「勝ったー!!」……と。

昭和天皇の崩御時、なんと不謹慎なと眉をひそめる人もあるだろうが、あの戦世《いくさゆー》を呪いながら、アメリカ世《ゆー》もくぐり抜いて生きてきた者しか口にできない言葉である。

二〇〇〇（平成一二）年、誰からも愛され、慕われながら、わが愛すべき母ウシ、具志川（現うるま市）宮里の名物おばぁの人生は終わった。享年九八。

三棹《さんさお》の三線《さんしん》

沖縄の三線《さんしん》の使われ方には二つの流れがある。ひとつは首里王宮を中心とした士族社会と、もうひとつが一般庶民の中の「もーあしび」（毛〈岡〉遊びとは、若い男女が、三線や歌に合わせて交流する場）で利用されていた。

士族社会では武芸の空手と三線は、必ず身に修めなければならない習い事であった。父の興光は、五歳の時より祖父興用から空手と三線を直伝されていた。

特に三線については、驚くほど呑み込みが早く、本来なら工工四《くんくんしー》（琉球三線音楽の楽譜）を見ながら弾く古典音楽さえも、祖父の二、三度の弾き音を耳にするだけで覚えたという。現在の表現で言えば、「絶対音感」が優れていたことになる。

六歳になると、青年たちの「もーあしび」の三線演奏者として重宝され、地域の青年たちから祖父の元に「興光さんをぜひお借りしたい」と申し出があり、父は送り届けることだけを条件に、その申し出を受けていたという。謝礼はお菓子一袋だけで呼べる三線演奏者で、その歳にして、青年たちから所望される楽曲は、すべて弾きこなしていたという。

しかし、その三線との縁もぷっつりと絶たれてしまう。それは、借金のカタに年季奉公に出されたからである。奉公先で早朝から深夜までの労働にしばられ、毎日の労働が終わると、ボロ布のように眠り込んでしまっていた。

父がふたたび本格的に三線を学ぶのは、南大東島で野村流の師範資格を持つ安谷屋師匠からである。その上達ぶりには師匠も舌を巻いたというから、子どもの頃、「もーあしび」から引っ張り凧の人気で声を掛けられていたことと考え併せると、やはり、三線の才能は天賦のものだったのだろう。週に一回の稽古の日は、すべてにおいて優先され、台風襲来の日だけはさすがに師匠を訪ねるのを休んだが、その日はその日で、雨戸を締め切った部屋で、烈風が家を揺るがす音と競うかのように、三線の鍛錬に熱中していた。

「おじぃ（お父さん）はどんなにお洒落だったか。工場から帰ると、すぐに水浴びをして、白い背広を着込み、パナマ帽をかぶり、三線を手に毎日練習に通うわけさ。そんなおじぃにどれぐらい愚痴をこぼしたことか——少しは家のこと手伝ってよ——。うぅーん、聞く耳なんか持っていないさぁ」

父はその時、二四〇円の大枚を叩《はた》いて真壁《まかび》型の三線を手に入れる。棹は細めの作りで、天《ちら》（頂部）は中弦から曲がり、糸蔵は短く、ひと目見た時からその優美さに心を奪われてしまった。持ち主は三〇〇円の言い値で譲らなかったが、足しげく通い、やっと、二四〇円で折り合いをつけた。当時、白米六〇キロが八円二〇銭の時代である。かつて、父が口にした言葉がある。

「人の命は一生涯、三線が奏でる音は、未来永劫」。

一九四五（昭和二〇）年、沖縄本島北部の今帰仁《なきじん》村も、前年の「一〇・一〇空襲」に続き、一月二九日に再び大空襲に見舞われ、村落の中心地は焼け野が原となる。その後、連続的な空襲と艦砲射撃によって、村人は壕《ガマ》や山中に難を逃れて彷徨《さまよ》うことになる。四月八日には、アメリカ軍は今帰仁村まで進出して、事実上、沖縄北部における組織的な戦闘は終わる。村民は全員、六月一七日と二五日に、集落ごとに羽地捕虜収容所か久志大浦崎に収容された。

一一月一五日になると、アメリカ海軍軍政長官命令によって、捕虜収容所からの帰村命令が出された。その後、今帰仁村では区長会の総意によって、区長松本義英、助役喜屋武《きゃん》甚彦、庶務課長宮里政正村吏員一五名が任命され、戦後の再建に取り掛かることとなった。（『今帰仁村史』今帰仁村史編纂委員会編纂）

新しい時代、村の再建に向けての説明会が村役場裏のイナブ《丘》スモーで開かれ、村民に集合通知が出されていた。

丘の上には北風が吹き抜け、その日は珍しく底冷えがしていた。

アメリカ軍の大尉が通訳を交えて、「これからの沖縄は民主主義国家となる。村民は協力して、村づくりに努力するよう」との訓示があり、引き続き、松本区長から今帰仁村再建に向けての実施計画の説明がなされていた。

伊波興光の目は、アメリカ軍将校や村役員が居並ぶ後方で、アメリカ兵たちが談笑しながら、たき火を囲んでいる一画に釘付けになっていた。

――あーっ！――小さな悲鳴が興光の口から上がり、ヘナヘナと座り込み、周りの目もはばからずオイオイと声を上げて泣き始めた。

あろうことか、自分の三線が……。アメリカ兵たちが手をかざしている炎の中に、見覚えのある三線胴の一部が、まだ無残にもくすぶっていた。

アメリカ軍は各地に侵攻するが、空き家になった民家から、兵士たちは戦利品として美術工芸品を略奪し、帰還兵たちは土産品としてアメリカに持ち帰った。特に、沖縄系二世（早くにハワイに移民した子孫たち）のアメリカ兵たちは競って三線に目星をつけた。歴史の皮肉とも言えるが、戦後、ハワイから三線の名品が発見されたのも、そのような経過をたどったことによる。

父の三線は戦利品になり損ね、不運にも暖をとる火の中に投げ込まれていた。

屋敷裏の防空壕の奥深くに隠していたはずの真壁《まかび》型の名品の三線。特に高音部の余韻は、他の三線では決して出せないと言われ、二四〇円の大金で手に入れた三線が、無残な残骸となってくすぶっていた。南大東島からの疎開船の中でも、父がずっと抱きしめていた三線が、この世から消えてしまう瞬間だった。

そのときの母の一言を、長女の米子が覚えていた。

「うちのおじぃ（お父さん）よ、子どもの命が戦争で殺されてしまったのなら、まだしも、あんな三線ぐゎーが焼かれたぐらいで、本当に情けないさぁ！」

それから一年が経った。

かつて恩納村の青年団長だった又吉真志が突然、今帰仁まで訪ねて来た。

「やっちぃー（兄貴）、恩納岳の南側の谷筋に、素晴らしい桑の木を見つけた。間違いなくあの幹の太さなら一〇〇年を越す樹齢だ。この木なら三棹の三線がとれる。山から切り出し、玉城《たまぐすく》の具志堅と三人の三線を作ろうではないか」

妹ツルの連れ合いとなった又吉真志と友人の具志堅健吉は、父が南大東島に渡るまで、わずかの時間を見つけては、三線の音を競っていた恩納村での親友たちであった。

山から切り出された桑の木は二年間寝かされ、一九四八（昭和二三）年、久場春殿《くばしゅんでん》型の三棹の三線に生まれ変わった。琉球三線の棹の長さは平均すると七八センチ、型によって長短はなく、棹の形状や太さに型それぞれの特徴がある。この型の特徴は棹が太く、棹の重量を真壁《まかび》型と比較すると約三倍もある。三線の頂部を天《ちら》と呼ぶが、その天の曲りが小さくて薄い。棹の形は上部から下方へ次第に太くなり、芯のつけ根に階段（一段）が刻まれている。音は重低音を出し、それだけ音の制御が難しく、奏者の技量が求められるという。

二〇〇〇（平成一二）年の暮れであった。突然、兄の義安から電話があった。

「真照が入院した。できるだけ早く都合を付けて、見舞いに帰郷したほうが良い。奥さんの光枝さんから癌だと聞かされた」

又吉真照は、あの三棹の三線の桑の木を見つけ出した又吉真志の息子で、私の従兄弟《いとこ》に当たる。彼は高校の英語教師で、恩納村の社会教育や伝統文化の保存活動に大きな功績を残し、特に書道では大きな事績を記しているが、誠に無念ながら五九歳の若さで早世した。

沖縄本島の観光名所となっている恩納村万座毛《まんざもー》に大きな石碑が建っているのを、あるいは、見覚えのある方もいるかもしれない。その石碑の「琉歌の里　恩納」の揮毫は、彼の筆によるものである。

私は以前、三棹の三線の行方を捜したことがある。その時、この従兄弟《いとこ》真照に、彼の家に伝わっているはずの三線について尋ねたことがあったが、彼は眉をひそめて答えた。

「敏男さん。あの三線は以前から誰かに狙われていたらしく、村のすーじ《祝い事》の席から持ち去られてしまった。その後、方々当たってみたが、未だに見つからない。三線製作所の友人に聞くと、――悪意で狙われた三線は、すぐに胴が張り直されてしまうから、棹だけで見つけ出すのは、きわめてむつかしい――と言われた。返すがえすも悔しくてならない」

残るもう一棹の行方《ゆくえ》である。やっと、その持ち主の親類までたどり着くことができたが、その持ち主の今帰仁村玉城《たまぐすく》の具志堅健吉は、一九五六（昭和三一）年に、ボリビア移民で村を去っていた。きっと、その三線は、郷里を恋い焦がれながら異国の地で音を響かせているものと思う。

さて、わが家に残された三線である。兄義安の次男晋《しん》が引き継ぎ、京都府山科の地で、未だ上手の手とは言えない音を奏でている。

この三線こそ、私と亡き父を結ぶ絆である。なぜなら、ハンセン病を宣告され、隔離地屋我地《やがじ》島沖縄愛楽園《あいらくえん》に向かう一四歳の私を前にして、父が歌った「散山節《さんやまぶし》」を、悲鳴のように紡ぎ出した楽器だからである。

　まことかや実《じち》か　我肝《わちむ》ほれぼれと
　寝覚《ねざ》め驚《うどぅる》きの　夢《ゆめ》の心地《くくち》

私の初めての著書『花に逢はん』（一九九七年、NHK出版刊。後に［改訂新版］二〇〇七年、人文書館刊）で、わが子を前にして歌う場面（「散山節」の項）について、沖縄組踊《くみうどぅい》の研究者である宜保榮治郎氏は、著書『三線のはなし』（ひるぎ社）では次のように論述している。

「この歌の意味は、今、目の前で起こっていることは本当のことだろうか、真実のことだろうか、私の心は狂うようで、まったく悪夢を見ているようだ。伊波敏男の父は古典音楽に習熟していたので、このような壮絶な場面に相応《ふさわ》しい曲を弾いたのであろう。名曲は万言を費やすより力がある」

今年の夏は特に暑い日が続いた。そのため、私は日に二度もシャワーで汗を流すことが何度もあったが、身に着けていた服から、ある匂いを嗅ぎ分けることがあった。それは間違いなく、子どもの頃の靄《もや》がかかった記憶に閉じ込められている匂いなのだが、いつ、どこで、私の嗅覚の引き出しに仕舞われたのか、思い起こせないままだった。

そのことを妻に話すと、「それ、加齢臭よ」などと軽く受け流されてしまい、いつの間にか気に掛けることもなく、夏も終わりを迎えようとしていた。

開け放たれた部屋に蜩《ひぐらし》の鳴き声が届き、何気なく夕暮れ時の庭に目をやっていたら、突然、高い音域で歌う父の声と共に、あの記憶が蘇《よみがえ》ってきた。

「あっ！　この匂い……、間違いなく、父《おとぉ》の匂いだ‼」

記憶の底から、亡父を呼び起こすように、汗ばんだシャツに自分の鼻を押し当てた。

南大東島を引き上げ今帰仁村で終戦を迎えた伊波家は、祖母と一五歳を頭に七人の子どもを抱え、貧窮の極みの生活を送っていた。父母は朝四時には豆腐づくりに起きだし、夜が明ける頃には豆腐売りに出かけており、帰ってくるやいなや、豚や山羊の世話、子どもたちを学校に送り出し、一服する間もなく借地畑の農作業に出かける日々を送っていた。

雨の日と畑作業を終えた合い間の夕餉《ゆうげ》時まで、父は足踏みの茣蓙《ござ》織機に向き合っていた。本来なら茣蓙は藺草《いぐさ》を凧《たこ》糸で織りあげるものだが、藺草を仕入れる資金のない父が織る茣蓙は、代用品としてアダンの葉を裂き、縦糸はアダンの根ヒゲを撚り出した糸によって織られていた。その茣蓙を母が売り歩いたというが、廉価《れんか》が評判を呼び、戦後の生活必需品としてよく売れたという。これは戦後の沖縄の貧しさが産みだした、アイデア商品のひとつである。

わが家では、夕餉を済ませた父にとって唯一の息抜きの刻《とき》が訪れる。それは、また、一家団欒《だんらん》の時間の共有でもあった。

居間の柱を背にした父は、三線を調弦し、古典音楽を歌いはじめる。弦音と歌は、寄り添い、時には競い合うように、わが家を見下ろしている今帰仁《なきじん》のイナブスモー《丘》に響き渡っていた。

母と姉二人は食後の洗い物を済ませ、台所に座を占め繕いものに手を運び、一八歳の次兄興憲は、間もなく創立を迎える琉球大学の入学試験に備えて、窓際の手作り文机《ふづくえ》で本を開いていた。他の兄弟姉妹は、父を取り囲むように学校の宿題などに取り掛かり、一歳の誕生日を迎えた妹の千枝子は祖母に抱かれて眠りこんでいる。五歳の私は、いつも父の膝元で寝転び、父の歌三線を聞いていた。その時間じゅう、家族全員の耳は、父の歌三線に引きつけられており、それはわが家の毎日の情景となっていた。

そして、わが家の綺麗に刈り込まれた仏桑花《ぶっそうげ》（あかばな）の垣根の外には、父の歌三線がはじまる時に出くわした人たちが、足をとめ耳を傾けていた。それらの人たちは、決して屋敷内には立ち入らなかった。それは、父が家族を前にした息抜きの三線を、家族以外に聞かれるのを極端にきらっていたからである。少しでも垣根の外に他人の気配を察すると、ピタリと三線を止めた。聴き手に向かい合う舞台上の芸としての三線と、家族を前にした息抜きのそれとは厳格に弾き分けていたからだという。

――舞台の三線には鞘《さや》から本物の刀である真剣を抜き放ったような裂帛《れっぱく》さがあり、息抜きの三線は、竹刀を手にするようにしなやかに奏するのだ――という。後々、父が口にした三線に向き合う心構えが読み取れる。

三線の音が止み、しばらくすると、伊波家の一日は眠りに就くことになる。

沖縄国頭《くにがみ》地方では、旧暦八月一〇日に行なわれる八月踊りは、村々の最大の祭事であるが、これは神への豊作を感謝する祭りである。その祭りは村や字《あざ》の中央部に位置するアサギ（拝所）で、踊りや組踊《くみうどぅい》（歌舞劇）が終夜にわたって奉納される。出演者として選ばれた青年男女は、その年の栄誉を与えられるに等しく、そのため、本番に向けての練習は、一カ月をかけて行なわれる。三線の弾き手としての父は、地謡《じかた》の音取《にーとぃ》（リーダー）を務め、その間は農作業などに係わる暇はなくなるので、畑仕事は村の青年会が代わって担うようになる。

今でも私の脳裏には、父の弾く三線の音の響きと風景があり、琉球古典音楽の歌い出しを聞くだけで、その音曲をなぞることができるのは、幼少時に父の膝元で聞き覚えたことによる。父の歌三線は、いつもの音程の高い歌い上げで終わった。後々、それが二揚調子《にーあぎ》の音曲といい、その代表的な音曲が「子持節《くゎむちゃー》」と「述懐節《しっくぇー》」であることを知ったのは、ごく最近のことである。

冬の山嵐や　足元もつまて　肝も肝ならぬ　あけやういきやなゆが

（冬の山嵐は寒く、足元も覚束なくなり、心も宙をさ迷い、これからどうなるのであろうか。組踊「大川敵討」で、子別れと再会の場面で歌われる。子持節）

あまりどく鳴くな　野辺のきりぎりす　まさるわがつらさ　知らなしちゆて

（あまり悲しそうに鳴かないでくれ、野辺のきりぎりすよ。お前たちより私の方がどれだけつらいか、察して欲しい。述懐節）

これらの曲は、子別れや恋人への情愛を、二音音程を高くして歌う「にーあぎ」なのである。亡き父の高音部に駆け上がるような歌声と、老生のわが身中から発している匂いが、重なり合いながら、私の記憶を揺るがした。

いつの日か、一本の古桑木から作り出された三棹《さんさお》の三線《さんしん》を一堂に再会させ、それぞれの棹が奏でる音を共鳴させてみたいと願っていたが、今となってはその夢は叶いそうにない。やはり、三線の音《ね》は、琉球の鼓動であり、魂の音色を響かせてくれる。

伍の章

そして、仏桑花《あかばな》の呻《うめ》き

はるさー（農業）先生

いささか時は飛ぶことになる。二〇〇二（平成一四）年三月三一日の朝は、まだ明けきれていなかった。眠りが浅く、いつもより早めにベッドを抜け出したが、冷気が全身を包み込む。部屋の暖房のスイッチを入れ、明かりをつけた。

机に広げたままになっている沖縄から届いた一葉の写真を、手にとってながめていた。一九五九（昭和三四）年当時の「石川ビーチ」と呼ばれた渚、海岸地帯と市街地の空撮写真である。遠浅で透明度の高い金武湾《きんわん》から打ち寄せる波を、湾曲する白浜が迎え入れている。白浜はおよそ三キロも続いていたであろうか、見ているうちに、思わず落涙してしまった。なつかしさが込み上げてきたのではない。人間社会の破壊のすさまじさに、つい、おぞけを覚えたからである。

現在のうるま市（元石川市）石川海岸は見るも無残な姿に埋め立てられてしまった。その埋立地には沖縄電力石川火力発電所一号機、二号機（一二五万キロワット）、ガスタービン発電所（一〇・三万キロワット）と電源開発石川石炭火力発電所一号機、二号機（三一・二万キロワット）、沖縄本島内の総出力電力（二〇七・五万キロワット、二〇一二年現在）の三二・一パーセントを供給している。その発電所誘致によって得た振興費を投じて造られたという海岸線の岸壁は、およそ自然の美観とは無縁とも見える奇怪な造作物となって連なっている。そして、あのアメリカ軍属の皆さんが憩いの場にしていた白砂の浜は、影も形もなくなり消えてしまった。

私は一九五三（昭和二八）年からハンセン病療養所に収容される一九五七（昭和三二）年までの少年時代の五年間をこの地で過ごした。この一帯の白浜は金網に囲まれた米軍専用の「石川ビーチ」と呼ばれていた。市街地の北の境界は石川川であり、橋を渡りその先には赤崎と呼ばれる海岸に、樹齢一〇〇年以上の琉球松が枝を広げていた。渚の両端だけが住民の立ち入りが許され、沖縄の子どもたちに海水浴場として許されていた海岸は、米軍専用ビーチの南の外れのサンゴ礁の間にわずかに広がる砂浜だった。金網の中に見える情景は、広い芝生でバーベキューを囲み、家族が団欒している姿や、防具をつけアメリカン・フットボールや野球に興じているアメリカ人たちの楽しげな姿だった。

子どもたちは金網に顔をすりつけるようにして、遊び興じているアメリカ人たちを見ていた。時折、その子どもたちの輪に、金網の内側からキャンディーやチューインガムが放り投げられる。子どもたちは我先にと、まるで喧嘩のように押し倒したり、もぎとったりの奪い合いがはじまる。アメリカ兵たちは、手をたたき、囃したて、喚声を上げながらその騒ぎを見物していた。

「うちなーんちゅや、むぬくーやーやあらん！（沖縄の人は、乞食ではない）」

私の父は、息子たちがこの輪に加わることを厳しく戒めていた。

あの頃の映像が瞬間的切り返しとなる。

数年前のこと。信州には春の息吹がまだ届いていない頃だったが、私が起きだした気配を察したのか、珍しくわが家の新参者のアイが玄関先で私を呼んでいた。この柴雑種雌犬は生後三カ月で長野県動物愛護センターから、養子縁組募集によって、わが家の家族の一員となっていた。二階から降りていくと、お座りの姿勢で何かを訴えている目である。足音に気づいた妻の繁子は、布団の中から顔だけ出した。

「この子、ちゃんと三時すぎに用を足したから、きっと、外の動物の気配が気になってしょうがないのよ」

「アイ、おはよう。おしっこか?」と声をかけると、尾っぽを盛んに振っている。

リードをつけ玄関を開けると、一瞬にして氷点下の冷気に全身が押し包まれた。深夜に屋根を打っていた小雨はすでに凍りつき、注意深く摺り足で足を運ぶ。

まだ闇が深い庭先の道路は、電柱の街頭光を受け、きらきら反射している。

アイは盛んに道路に鼻づらをつけ、動物の臭いを嗅ぎわけている。わが家から丘の上までは二軒の家屋があり、そこへ通ずる道は、朝夕、よく親子連れの狸や狐が見られる。

このまま丘の頂にある三輪さん宅まで登られると、少々、骨が折れるので、リードを手元に引き寄せ、「アイ、アイ、おしっこだろう?」と声を掛けながら、手前の手島さん宅脇の林に誘いこんだ。重なり合った足元の枯葉が、サク、サクと乾いた音を立てている。アイはしばらく落葉の中を嗅ぎまわっていたが、座り込んで用を足すと、後ろ足で枯葉を蹴り上げ、そして、鼻づらを近づけて確認の仕草をした。

「済んだか、もう、帰るぞ」との私の声に、スタスタとわき目もふらず、坂道をくだっていく。

眼下に広がる塩田平《しおだだいら》の街路灯が、凍《こご》えるように鋭角的な光を放っている。

兄義安の定年退職の日は、こうしていつもと違う朝の迎え方をした。

私の兄弟姉妹は、腹違いの兄興善、姉ヨシ子、実兄興憲の三人は鬼籍にあり、長姉米子、次女絹枝、三女敦子、四女文子、次男義安、三男の私、そして、五女妹の千枝子と、七人が健在であるが、私をのぞきすべての兄弟姉妹は沖縄で暮らしている。一九四一年生まれの兄義安は、地元の大学を卒業後、化学の高校教師を勤めあげ、この日が、いよいよ定年退職の日である。

数日前から、私はあることを考えていた。

彼の退職日の出勤前に、どうしても直接、自分の言葉で伝えたいことがあった。

午前六時の時報を耳にしながら、電話番号をプッシュした。受話器を耳にしていると、何度かの呼び出し音の後、兄義安が電話口に出た。

「もしもし、伊波です」

「もしもし、敏男です。こんな朝早くの電話だから、何事かと思っただろう」

「うん、どうした？」

「兄さん、今日、退職日だね、おめでとう。長い間、ごくろう様でした」

「え、うん。ありがとう」

「兄さん、兄弟で、少々、照れてしまうけど、この日、どうしても、伝えたいことがあって、出勤前に電話をさせてもらった。あのー……。兄さん、生涯、一教師のまま退職を迎えたことを、私は尊敬している」

「……」

「それを、どうしても、今日、伝えたかった」

「ありがとう」

かつて、教育現場における校長や教頭の役割と、彼自身が退職を目前にしても、未だに平教員《ひら》でいる思いについて、兄に問いかけたことがあったが、つい、昨日のようにそのやりとりが思い返された。

「あの『国旗掲揚・国歌斉唱問題』の処分が原因で、校長、教頭への道が閉ざされているの？」

義安は苦笑しながら、

「おばぁ（ここでは母のこと）は、ずーっと、そう思い込んでいたようだが、その処分は、あの昭和天皇の崩御により、その後の恩赦で取り消されている。それから数年経っていたかなー。当時、普通科を希望する生徒たちが最終的にたどり着く○○高校に転勤させられたのだが、そこの事務長から何度も管理職への打診を受けたよ」

「へー、そんなことがあったの。それで、兄さんはどうしたの？」

「もともと、人を管理することも、管理されることも性分として嫌いだから、言下に断った。それでも何度も勧めに来た。とても生真面目な事務長だったけど、私もついに堪忍袋の緒が切れ、言葉を荒らげてしまったなあ」

兄は私とは違い、普段の話しぶりは、実におだやかに言葉を選びながらの話し方をする。その兄が――言葉を荒らげた――と言うからには、よほど激した言葉を返したに違いなかった。頭を掻きながら、そのやりとりを語ってくれた。

「事務長、君は私に、自分の人格や尊厳を曲げろと言うのか！　それは、私に文科省がすすめる今の管理教育の片棒を担げと言うことと同じだ！　あなたねー、私から生徒たちと直接向き合い、教室でしか得られない教員の喜びを奪わないで欲しい。もう二度と私にこの話をするな。もし、同じ話を持ち込むなら、あなたは私を侮辱していると思って、本当に怒るよ!!」

「でも、兄さん、お互いに教育の夢を語り合った同僚や組合役員、それどころか教え子たちまで、次々と管理職の任に就いていくでしょう。それらのことに、何か感ずる思いはなかったの？」

「それは、それぞれが選択した道さー。他人の私が、その人たちの批判や評価をすることなどできないさー。その答えは、教師生活を終えるときに、それぞれが自分自身に問いかけ、自分で答えを出すことなのだからね……。でも、そのことで少しばかり、ある気まずさを感ずることはあったなあ。私のほうが、ではないよ。彼らが私と話すときに、目を伏せるんだよ。それは辛かったなあ……」

今は亡き母は、余所様《よそ》に兄と私の話をするときは、このように話していたという。

「わったーたいぬ、いきがんぐぁや、もうきじゅくやさん、ちゃー、世の中ぬいるんなくとぅかい、首ちぃっくでぃ、めーなち、いちゅなさぬ……（わが家の二人の息子たちは、金儲けには縁がなく、いつも、世の中のいろいろなことに関わって、忙しくしている）」

私は母のその言葉を褒め言葉と受け止めていた。特に、教師としての兄の日々を見ていると、自宅まで生徒たちが訪ねてきて、纏《まと》わりついているのを見ているだけで、教育者としての立ち位置がよく見えていた。母もまた兄の教え子たちの行儀や言葉づかいにも、自分の孫たちと分け隔てなく、全く同じ向き合い方をしていた。

兄を訪ねてくる彼らは、たいがい、数人で群れながら母と兄らが暮らす実家の門をくぐり、そして必ず母の部屋にも出向き、声を掛けていた。

「おばぁ、また来たよー」

兄の口から出る教え子たちの話題は、いわゆる成績優秀な生徒について聞かされた覚えがない。思い返してみると、出入りする高校生の風体《ふうてい》は、茶髪やピアス、飾り物でにぎやかに身を飾っていた。

私が帰郷中のある日の出来事であった。出校停止処分中だという生徒が、兄の書斎で寝そべって漫画本を読んでいたので、私から話しかけた。

「ちょっと、いいかなー、ひとつ君に聞きたいことがあるのだけど」

身を起こして座り直すこともなく、漫画本から目を離して顔だけを私に向けた。

「義安先生のことを、学校で君たちはどのような呼び方をしているんだ」

「義安先生？　あー、みんな義安先生をあだなで、はるさー（農業）先生と呼んでいるよ」

「はるさー先生？　それ、どういう意味だ？」

「だってよー、義安先生はさ、俺たちが教室に入らずに校庭でブラブラしていると、すぐにさ、つかまえるわけさ。そして、ハイ、ハイハイ、この鍬《くわ》を持って、鎌を持てと命令するわけよ。そして、学校中の花壇の世話を手伝わされ、こき使われるわけさ。でもよー、教室の授業よりおもしろいさー。それによー、土を耕したり、草をむしったり、水をやったりして、花壇の面倒を見ていると、きれいなつぼみが、やがて上等な花を咲かせるさー。それによー、うちの学校の花壇は沖縄一にきれいだから自慢さー、知っていた？」

「はるさー先生かー？」私は、生徒たちがつけたというあだなの妙に、つい、吹き出してしまった。沖縄方言《うちなーぐち》はるさー（ハルサー）とは、農業に従事する人。農家の人、畑で働く人、畑人の意味である。

また、同僚の先生たちによれば、とにかく、生徒たちを三線やエイサーという琉球古来の文化活動にいつの間にか引っ張りこみ、短時間のうちに見事に学校行事の花形演目にまで仕上げる兄の手腕には、感服しているとの評であった。

弟の私のものの見方や感じ方は、どう考えても文科系としか思えないのに、そのＤＮＡからすれば、どうして兄は大学で理科系の化学を専攻しようと考えたのかを聞き出したことがあった。

「化学は、その技術を活用することによって、人間の生活を豊かにできると信じていた」

「でも、卒業後の兄さんの毎日を見ていると、いつも住民運動の渦中にいるよね。化学知識の活用というより、反化学の側に身を置いているようにも思えるけど」

「大学三年生の時に、化学情報誌で水俣病のことを知ったのだけど、今まで化学は、例えば除草剤や化学肥料など、人類にとってはバラ色の学問に映っていたところに、化学のマイナス面を知らされた。当時の沖縄は日本復帰前だから書籍を手に入れるのは大変だったけど、水俣病、イタイイタイ病、四日市喘息に関する書籍を手当たり次第に購入して読み始めた。特にユージン・スミスの写真集『水俣』にショックを受けた。その後、化学の高校教師として赴任するのだけど、授業の最初の五分間は、必ず、環境問題、政治の問題、人間の生き方などにふれてから、本題の化学の授業に入っていた」

「化学の授業は、僕も覚えがあるのだけど、生徒たちにとっては理科系の大学受験には必要だが、日常の生活と結びつけて考えることはあまりないだろう？ このユニークな授業スタイルは、きっと、生徒たちにとっては、新鮮でおもしろい授業になったのだろうな。最初の五分で生徒たちの視線をつかまえることができれば、化学の授業も、自然に興味の関心度が強まっただろうな」

そう言えば、私の初めての著書『花に逢はん』（一九九七年、NHK出版刊。後に［改訂新版］二〇〇七年、人文書館刊）出版後に、沖縄各地の講演会に招かれる機会が何度もあったが、その会場で必ず「義安先生の教え子」と名乗る人たちとの出会いがあった。中には「義安先生の兄さんに会うことができてうれしいです」などと声を掛けられ、少しばかり気を悪くしながらも、敢えて聞き流していた。二歳年上の兄の日々は、よほど私より若々しく、自然保護活動や市民運動の中で立ち働いていることが窺えた。

教師生活三六年、退職して十数年を経ても、「私、義安先生の教え子の〇〇です」と、名乗られることは教師にとっては、最高のご褒美かも知れない。

退職後の兄の人生設計では家庭菜園いじりと、教師時代から関わっていたヤンバル（山原。本島北部）の自然保護運動だけで余生を送るつもりであった。しかし、沖縄に突きつけられる現実の問題で、現役教師時代よりも忙しい日々に追いかけまわされている。ヤンバルの山が崩されていると聞くと北に走り、泡瀬の海が埋め立てられて、貴重な干潟が危ないと声が掛かると東に走り、ゴミ焼却炉のダイオキシンが問題になると、招かれて西まで出向き、南の普天間飛行場のゲートには、朝早くから座り込んでいる。

「西ニツカレタ　母アレバ　行ッテソノ稲ノ束ヲ負ヒ」「北ニケンクヮヤ　ソショウガアレバ　ヤメロトイヒ……」「慾ハナク　決シテ瞋《いか》ラズ　イツモシヅカニワラッテヰル」とは、宮沢賢治の「雨ニモマケズ」の一節だが、「お父さんの毎日は、まるで、宮沢賢治の沖縄バージョンだね」と、娘の勤子からは評されている。

「あっ!!」。妻の繁子がテレビ画面を見て悲鳴にも似た声を上げた。

二〇一二年九月三〇日、普天間飛行場野嵩《のだけ》ゲート（第3ゲート）を三日間にわたって封鎖し、座り込んでいる市民たちに、機動隊が襲いかかっているニュース映像である。その画面に修羅の形相をした兄の義安が映っていた。

翌朝、私はすぐに実家に電話をした。——怪我はなかったか?——と、気遣う私に、

「歳だからなー、若い機動隊の力で腕を捻じり上げられたから、少し痛みが残っているけど大丈夫。それがなー、座り込んだ第3ゲートで、とても嬉しいことがあった」

こちらの心配をよそに、電話の向こうからは、嬉しさが込み上げるような響きの言葉がつづいた。

「いきなり一人の男性が、座り込んでいる私の隣に割り込み、腕を組まれたんだよ……。――義安先生、まだまだ若いねー、僕を覚えている？　T・Jだよ。大学受験の勉強で、いつも先生の家に通って教えてもらった――と言われた」

なんと、彼は四〇年前の教え子だったという。

一九七四（昭和四九）年、米軍は金武《きん》町の県道104号を封鎖して、キャンプ・ハンセンからジャフム岳、ブート岳に、一〇五ミリと一五五ミリ砲、四万五〇〇〇発の実弾砲撃演習を繰り返した。これを阻止するために地元住民が闘ったが、これが沖縄反基地闘争のひとつ「喜瀬武原《きせんばる》闘争」である。その闘いの中で着弾地に入り、座り込んだ労働者と数名の琉球大学の学生たちがいた。四人の労働者たちは逮捕され、日米安全保障条約と日米地位協定に基づく「刑事特別措置法」によって法廷で裁かれた。学生たちは砲弾の破片で何人かは負傷したが、教え子のT・Jもその学生の中のひとりであった。この闘いの中で生まれたのが、今も歌い継がれている海勢頭豊《うみせどゆたか》の「喜瀬武原《きせんばる》」という反戦歌である（海勢頭さんは、沖縄内外で活躍する作曲家であり、シンガー・ソングライター）。

「おー、T・J、お前かー。久しぶりだなー、元気していたか？」

中年の域に達した教え子の腕から伝わる温もりは力強かった。

「義安先生、今も若々しいねー」

「当り前さー、若々しくしていないと、沖縄から基地をなくすまで闘えないさー!!」

電話の兄の声は、いつになく昂《たか》ぶっていた。

「敏男、教師を職業に選んで、本当に良かった‼」

その言葉はまるで故郷の碧い海をまるごと届けられたようなさわやかな気がした。こうして、兄の時間軸はゆったりと過ぎてゆくのであろう。

金武湾《きんわん》

教室で化学の教科を担任していた一人の教師に、教科と市民運動を結びつかせる一大転機が訪れた。ここでは、ある化学教師（兄のことだが）の足跡をたどりながら、沖縄の公害問題と環境問題についてふれておきたい。

「一九七二（昭和四七）年の日本復帰直前だったが、生徒の父兄で石川市（現うるま市）の市会議員が高校に訪ねて来た。私は不在だったので、机上に手紙が残されていた。そのメモには『石川市でアルミ工場の誘致計画が進められている。公害問題についての資料が欲しい』と書かれていた」

「兄さんは、自分が住んでいる石川市のアルミ工場誘致話を、これまで聞いたことがあったの?」

「はじめてさー、それで手元にある資料を整理して渡した。それからだなー、環境問題が、いつの間にか自分のライフワークのようになってしまったのは……」

――一九六六（昭和四一）年、アメリカの民間調査会社とアメリカ陸軍沖縄地区工兵隊は合同で、沖縄の海岸線の調査を行なっていた。その目的は、何の規制を受けることもない、日本復帰前に、ガルフやカルテックス、エッソなどのアメリカ石油資本は、アジアにおける石油供給備蓄拠点基地を沖縄に設置する計画を持っていた。そのため、建設予定地を選定するために湾岸の水深や埋め立て可能地の調査をはじめていた。一九六七（昭和四二）年、アメリカ軍政下の琉球列島米国民政府の高等弁務官による最後の任命琉球政府行政主席松岡政保《まつおかせいほ》（第四代行政主席［一九六四年一〇月三一日～六八年一一月三〇日］）は、経済の本土との格差是正を謳い、外資導入政策をはかる。その結果、アメリカ石油企業が次々と沖縄に進出してくるようになった。海外資本は復帰前にフリーハンドの既得権を手に入れ、復帰後の本土資本との合弁を視野に入れた経済戦略を持っていた。まずガルフ石油が平安座島《へんざじま》、エッソが西原町に進出し、復帰後は日本石油との合弁会社、東洋石油となった。与那城《よなしろ》ではガルフと三菱の合弁会社、三菱石油も操業をはじめるようになった。これが、アメリカ石油資本による石油を戦略産業としたコンビナート計画の流れである。

一九六八（昭和四三）年、沖縄では初めて、選挙で屋良朝苗《やらちょうびょう》（一九〇二～九七。第五代行政主席［一九六八年一二月五日～七二年五月一四日］。「琉球政府」の消滅で、行政主席は〝みなし知事〟となる。復帰後の初代知事［一九七二年五月一五日～七六年六月二四日］）公選行政主席を誕生させる（一九五〇年一二月、琉球列島米国民政府の設立／一九五二年四月、琉球政府の創設／一九七二年五月、日本復帰、沖縄県復活）。その革新屋良県政下で、第一次沖縄振興開発計画が打ち出されたが、この計画は沖縄の工業立地と産業基盤の形成を謳い、中城湾・金武湾を埋め立て、石油産業を中心とするコンビナートを建設し、経済振興をはかることを目的としていた。

屋良行政主席は一九七〇年六月、アルミ生産の世界的独占企業と言われるアルコアに工場進出を認可したが、日本のアルミ産業は、このままでは日本国内企業は大打撃を受けるとして、その防衛策として日本政府主導でアルミ五社（日軽金、昭和電工、住友化学、三菱化成、三井アルミ）は、一九七二年三月に沖縄アルミＫＫを立ち上げ、石川市（現うるま市）に二一万坪の金武湾の埋め立て申請とアルミ工場建設の計画書を提出した。同時に三一万二〇〇〇キロワットの石炭火力発電所の設置計画も進められ、四月五日には市長と市議によって構成された調査団が本土に向かうことになった。兄はそのときの資料をファイルから取り出した。

「これだ、これだ。つい最近、聖トマス大学の森宣雄さんから、私へのインタビュー記録『石川アルミ闘争と金武湾を守る会』と別の人たちの座談会記録『歴史と現在のなかの「金武湾を守る会」』、そして『崎原盛秀さんのインタビュー記録』の三種のインタビュー記録が送られてきた。闘いの時系列や問題点を、彼はよく整理をして調査報告書としてまとめてくれた。私に関わる部分は、彼の報告書を見ながら説明することにする」（後掲一六〇～一六四頁参照）

その報告書は、三種のファイルで綴じられていた。

「日本科学者会議の資料の中に、はじめて東京大学の公開自主講座『公害原論』と宇井純さん（一九三二～二〇〇六。当時は東京大学都市工学科〔衛生工学コース〕助手。後に沖縄大学法経学部教授、同大学名誉教授）の存在を知った。それで自主講座事務局に――資料が欲しい――と電話をして、送ってもらった資料をもとにまとめたのがこれだ。この資料をその市議会議員に届けたのだ」

「宇井純さんとは、そのときからのつながりなのか。宇井さんは亡くなる一年前に、信州沖縄塾の講演会で松本市に招き、講演をお願いしたが、――塾長が義安さんの弟さんとはねー――と、驚かれていたが、そんな古くからの縁だったとは……。それで、その資料は市議会では、どのように受け止められたの？」

「私にとっても、調べれば調べるほど驚く情報ばかりだ。アルミ精錬は電気の缶詰のようなものだから、発電所建設とパッケージで計画されていた。四日市では発電所からの亜硫酸ガスの影響で、喘息の被害が出ていることも資料に書き加えた。そこで、市議会で特別委員会が設置され、私も参考人として呼ばれることになった。その特別委員会で私が参考人として発表した資料を、『琉球新報』（沖縄の現地紙）が記事にしたものだから、石川市民はアルミ工場計画をはじめて知ることになり、大騒ぎとなった」

「市議会ではその後、どのような展開になったの？」

「当時の議会は、与党が一三名、野党が七名、公明党は是々非々一名の構成になっていて、特別委員会に、漁業組合長と私が証人に呼ばれて意見を求められた。組合長は――すでにガルフから排出された石油や海中道路の建設で、金武湾ではもう魚が獲れなくなった。補償金が貰えるならば賛成だ――との意見だったが、私は資料を示しながら問題点を指摘し、皆さんは現地に行き、調査もしてきたことになっているが、じっさいは工場操業による公害の実態を見てきていないのではないかと意見を述べた。しかし、特別委員会の採決は三対三で、最後は委員長決裁で、本会議に上程されることになった」

「本会議ではどうなったの？」

「まともな議論なんてないさ。間もなく、アルミ工場誘致が、明日の本会議で強行採決されるらしいとの情報がもたらされた。それで高校の先生たちが手分けをして、早朝から市内のいたるところに立ち、ハンドマイクで――アルミ工場の進出認可が、今日の市議会本会議で強行採決される――と知らせた。そうしたら、議場に入りきれないほど市民が次から次へと押し寄せてきた。議会側も機動隊を六〇名ほど待機させていたが、これだけの市民の数だから、強制排除なんてできないさ。議案が強行採決されようとしたとき、市民が本会議場になだれ込んだんだ。それで、あちこちで市民が賛成派の議員を取り囲んで迫っているわけよ。――あなた、それで責任を持てるの？　命に関わることなのに、あなたは将来に責任をとれるの？」と。

「市議会本会議場で、市民が議員を説得するとは前代未聞だね」

「そうなんだよ。賛成派議員は本会議場内で市民に取り囲まれ、一人ふたりと市民から説得され、意思を変え始めた。その結果、本議会の流れが変わってしまった。このアルミ誘致議案は、特別委員会で再調査することになったんだ」

「その流れで、『沖縄アルミ誘致反対市民協議会』が結成されたんだね。でも、その組織運営をめぐっては、いろいろな問題が起こったようだけど？」

「当時の沖縄は、住民運動をはじめ、すべての運動は労働組合が中心になっていた。このアルミの反対運動も労働組合によって組織化されたために、いろいろな問題点が出始めた。その頃から、僕の市民運動に対する考え方と方向性が明確になってきた」

「いろいろな問題点？」

「住民運動は、市民一人ひとりの要求から生まれるものなんだ。政党や労働組合にとっては、本来の自己組織の中心課題ではなく、あくまでも外側からの支援にすぎない。住民運動を支援するのは、広い意味での連帯であって、労働組合や政党にとっては、住民運動に関わることで、自己の組織の社会的役割としての指導性や組織拡大の手段になり、住民の要求実現が第一義的にならないことが起こる。住民運動は、組織からの動員や指示されて参加するのではなく、それぞれの自由意志と責任で参加している。それが基本的に違う点だと思う」

「その市民運動への認識は、私も同感だなー。そのアルミ工場誘致反対運動だが、その後、どのような展開になっていったの？」

「男性が中心となっていた『沖縄アルミ誘致反対市民協議会』とは別に、婦人会が動きはじめ、反対運動はこれまでと全く違う展開になってきたのだ。すごいものだねー。やはり、命や暮らし、生活に関わることだから、女性たちの闘いは真正なんだよ。それを、また、おじぃやおばぁたちが支える。婦人会主催の学習会が一二回も開かれたのだが、どの会場も婦人たちで溢れかえり、その熱気はすごかった。近隣の市町村にも波及して学習会が開かれるようになった。学習会では土本典昭《つちもとのりあき》（一九二八〜二〇〇八。記録映画作家）制作のドキュメンタリー映画『水俣　患者さんとその世界』（一九七一。東プロダクション）も必ず上映するようにした。各地の学習会は、石川高校の先生たちが裏方として支えていた。その頃は、まだ、学校の先生たちの社会的信頼は厚かったからなー……。新聞も連日、その婦人たちの学習会の関連記事を報道するようになる。いやあー、市民運動としては、とても素晴らしい教訓を残してくれたよ」

「そして、七月の市民総決起大会の開催までこぎつけることになったんだね」

「そうなんだ。当初、市民総決起大会は米軍から返還されたばかりの石川ビーチで行なわれる予定だったんだ。しかし、開催時間の直前になって土砂降りの大雨なんだよ。それで、急遽、映画館に会場を変更することにしたのだけど、映画館は六〇〇人しか入れないんだ。それでも大雨の中なのに、映画館の外まで人の波で溢れかえった」

「その後、工場誘致推進派は、そのまま手を拱《こまね》いていたわけではないでしょう？」

「そうなんだ。それで市議会賛成派だけで、本土のアルミ工場の調査に行く動きになった」

「反対派の市民は、それにどのように対抗したの？」

「市民のカンパで、婦人会長と書記、農協組合長、市議、それに、私も含めて高校の教師の二人、計六人で独自の調査団が作られた。東京大学都市工学科の宇井純助手の自主講座のアドバイスを受けて、新潟の三菱化成、静岡の日軽金、愛媛の住友、最後は水俣と調査にまわる予定だったが、台風接近の予報で、残念ながら水俣へは寄れずに沖縄にもどってきた。特に、新潟の調査では、アルミ工場から排出されたフッ素ガスによって、工場周辺部に住む人たちの歯や骨が脆《もろ》くなっているという新潟大学の調査や、ミカンの落下やジャガイモが大きくならないとの農民の証言が得られた。各地の調査報告情報を、その日に琉球新報社や沖縄タイムス社に電話で知らせた。そのころはファックスがないからな、みんな電話での報告さ。愛媛の住友工場内では作業員が防毒マスクをつけて作業している。その情報が、翌朝の沖縄二紙の新聞紙面を飾っていた。いやー、新聞報道の威力を見せつけられたねー」

「その調査結果は、市民にどのように報告することになったの？」

「報告会は市内七カ所で開かれたのだけど、どの会場もお母さんたちでいっぱいさー」

「アルミ工場建設は沖縄県が事業計画の当事者でしょう。県当局との交渉はどうしたの？」

「沖縄県は、復帰後の振興開発計画の基幹産業としてアルミ工場誘致を考えていた。屋良沖縄県知事と反対運動市民とは、五回ほど直接交渉する機会があった。その中で、ひとりのおばぁが屋良知事につかつか駆け寄り、いきなりこう言い放った。『屋良さん、アルミ工場作ったら、屋良さんの首切って、私も首を切るよ。孫たちのことを考えたら、これを作ったらダメだよ!!』と」

「お年寄りと、母親たちのパワーはすごいものだねー」

「そうなんだよ。住民運動に関わりはじめた私にとって、宇井純さんの『公害原論』はバイブルだったが、その中で――女性が中心を担う住民運動は必ず勝つ――と記述されていたが、まさにそうだったねー。男性は大義名分や、地位、名誉、金、地縁の前に脆くも屈服するが、女性たちは全く違った！」

一九七二（昭和四七）年一二月、沖縄アルミ工場建設計画は、住民の反対運動によって、とうとう撤回されることになった。

日本復帰後、通産省が立案した沖縄長期経済開発計画は、石油産業を中心としたコンビナート計画を柱としていた。すでに石油産業は開発許可を取り操業を開始していたが、新たに一〇〇〇万坪の金武湾《きんわん》埋め立て計画を打ち出してきた。

金武湾は沖縄本島中央部の太平洋側に位置し、勝連《かつれん》半島、平安座島《へんざじま》、宮城島《みやぎじま》、伊計島《いけいじま》、金武岬に囲まれた楕円形をした湾である。その金武湾を一〇〇〇万坪も埋め立て、石油精製・備蓄基地（CTS）、電力（原子力発電も含む）、鉄鋼、アルミ産業、造船業の誘致計画がその具体案だった。一〇〇〇万坪とは、金武湾のほとんどが埋め立てられ海がなくなることを意味する。

その計画が明らかにされた一九七三（昭和四八）年九月、「金武湾を守る会」が結成されるが、この反対闘争は、屋良知事を誕生させた革新陣営との間でさまざまな軋轢《あつれき》と理論闘争を生むことになった。

「金武湾を守る会」は、屋良革新県政が進める金武湾・中城湾《なかぐすく》開発構想は、宝の海の自然を破壊し、沖縄の未来を失うものだとして、その開発計画を正面から批判することになる。屋良県政を支える「革新陣営」は、すべての大衆運動は革新政党が先頭に立ち、住民運動は革新政党の指導の下で行なわれるべきであると、住民運動の組織論と進め方をめぐって、住民運動側とは違うスタンスをとるようになった。

アメリカ軍の占領下で、主権の回復、民族の自決、人権の確立、反戦運動を支え、屋良革新県政を誕生させた革新陣営内部には、経済復興と自然保護をめぐって、新たな意見の対立を抱えることになった。

沖縄アルミ工場建設計画を断念させた石川の住民運動グループも、金武湾・中城湾開発構想の反対闘争に参加することになったが、そのときの兄義安たちの闘いを、NHKが「ドキュメンタリー　金武湾」で放送していた。

「石川アルミ工場反対闘争」と「金武湾を守る会」（CTS反対闘争）の闘いは、その後の沖縄の住民運動に多くの問題提起と教訓を残すことになり、現在まで辺野古や高江、普天間等の反対闘争へと引き継がれている。その住民運動の成果は以下のようにまとめられる。
(1) 住民運動に代表者を置かない任意複数代表制の重要性。
(2) 住民一人ひとりに依拠する運動論・組織論はどうあるべきか。政党・労働組合組織と住民運動はどのような相関関係を保つべきか。
(3) 住民運動の主体は現地の住民が担い、生活視点を柱にする。
(4) 法廷闘争は他方で住民運動の反対エネルギーを弱める。
(5) 住民運動に暴力が持ち込まれると、住民は反対運動から離反する。
(6) 古来から残されている地域文化や地域行事を反対運動の中で活用することの重要性。

注 「金武湾を守る会」(CTS反対闘争)の闘いについては、聖トマス大学・森宣雄氏の「伊波義安さんインタビュー記録 石川アルミ闘争と金武湾を守る会――自然と文化の豊かさを守る沖縄の平和へ」「座談会記録 歴史と現在のなかの『金武湾を守る会』――中部反戦、石川市民会議、中部地区労とのかかわりから」「崎原盛秀さんインタビュー記録 金城清二郎さんと、『金武湾を守る会』の歴史的いちづけ」を、森氏の了解を得て補完資料として活用させていただきました。記して、心から感謝を申しあげます。

さて、あれから四〇年近く経過した石油精製・備蓄基地のその後である。
一九七〇年、金武湾埋め立ての先乗り役のガルフ石油機構は平安座島《へんざじま》で操業をはじめるが、一九七二年に東邦石油と三菱化成がガルフ社より株式を取得して、日米合弁企業「沖縄石油機構」

となった。一九八〇年には出光興産が沖縄石油機構の全株式を取得して、新たに沖縄石油精製が誕生することになった。その沖縄石油精製も、二〇〇四（平成一六）年、石油備蓄・油槽基地のみを残して製油所は閉鎖され、ほとんどの従業員は解雇された。

沖縄本島側から見ると金武湾に勝連半島が腕を伸ばしたように見え、寄り添うような近さの藪《やぶ》地《ち》島へは藪地《やぶち》大橋が架《か》かり、かつては平安座島への渡島は、干潮時に現れる海中道路を利用していたが、現在は、金武湾開発の目玉として、恒久橋の伊計平良川《いけいたいらがわ》線を開通させ、宮城島、伊計島、浜比嘉《はまひが》島にも橋を渡し、石油精製・備蓄基地建設による地域振興のシンボルとなって、離島苦から島民を解き放つはずだった。

その経済発展計画も、恒久橋が架けられたことによって逆に人口流出に歯止めがかからず、埋め立てによる金武湾の潮流変化によって、藻場は消失して海は枯れ、度重なる原油流出事故は海洋汚染を招き、地元魚業関係者はこの海の漁場を完全に失ってしまった。まさに高度経済成長の夢は脆くも敗れ、とうとうその金武湾開発の最後の砦であった中心企業まで、閉鎖されることになったのである。

「かつて金武湾は魚が湧く」と漁民たちが語っていた豊饒の海は、今は昔語りにしか存在しない。人間のあくなき欲望は、島々に橋を渡すことで海流を変え、湾岸を埋め立てて石油精製・備蓄や火力発電所を建設した。それからは魚も寄りつかず、月の誘《いざな》いを受けながら、ただ潮の干満だけを繰り返す瀕死の海になってしまった。しかし、南の太陽はそのような海さえ見捨てることなく、青い海を照り返す手助けをしている。

自然・平和・人権

沖縄の今日の状況は、平和に暮らしている人たちの日常生活や人権さえも脅かしているが、人間社会が悲鳴を上げはじめる前にその前触れとして現れるのが、自然環境への人間による破壊である。それはいつも経済発展の名の下に行なわれる。

沖縄県は最北の伊平屋《いへや》島から台湾の近くの与那国《よなぐに》島まで、一二八七キロメートルにわたる弓状に連なる一六〇の島々の琉球列島からなる。東西約一〇〇〇キロメートル、南北約四〇〇キロメートルの広大な海上に点在し、総面積は二二六六平方キロメートルで、四七都道府県中、四四番目の琉球孤とも称される小さな島々である。沖縄は黒潮の影響を受ける亜熱帯海洋性気候で、気温は冬でも一〇度以下になることはまれで、年平均気温は二一〜二四度、年間降水量は二〇〇〇〜三〇〇〇ミリメートルで、その五〇パーセント近くが梅雨と台風によってもたらされる。日本の国土面積のわずか〇・六パーセントにすぎない小さな島に、哺乳類の二〇・八パーセント、鳥類で四三・二パーセント、トンボの四一・六パーセント、蝶の三三・三パーセントが生息し、環境省版日本全国のレッドリスト（絶滅の恐れのある野生生物リスト）に記載されている生物の中で、脊椎《せきつい》動物の三五・二パーセント、無脊椎動物の一九・四パーセント、植物及び菌類の二〇・三パーセントが琉球列島で生き延びている。まさに種の多様性に富む自然の宝庫と言われている。

一九七五（昭和五〇）年七月二〇日から一八三日間にわたって、沖縄県の本土復帰記念事業として「海・その望ましい未来」をテーマに掲げ、沖縄県北部本部町《もとぶちょう》を会場に、海域二五万平方メートル、陸域七五万平方メートルを使用し、「沖縄国際海洋博覧会」が開催された。海洋博開催は、沖縄県の列島改造とも言われる開発の導火線となり、沖縄自動車道の開通や、海岸線が埋め立てられ、大型ホテルや観光施設が建設された。この急激な開発は赤土の海への流出を招き、その結果サンゴ礁が死滅し、海の汚染がすすんだ。海洋博は経済復興の起爆剤になるという謳い文句で取り組まれたが、その後、中小企業の倒産が相次ぎ、逆に沖縄では「海洋博不況」をもたらし、まさに海洋博のテーマ理念と経済の活性化とは全く逆の深い傷を残して終わった。

さて、日本復帰以降の問題点を見てみよう。

政府は一九七一（昭和四六）年の沖縄国会で、「沖縄振興開発特別措置法」「沖縄開発庁設置法」「沖縄振興開発金融公庫法」の開発三法と「沖縄の復帰に伴う特別措置に関する法律」を制定した。この沖縄振興四点セットは、沖縄と本土の格差を是正し、沖縄の地理的・自然的条件を生かした、沖縄の自立的発展の基礎を作り上げる目的で策定されたものであった。

第一次沖縄振興開発計画（一九七二〜八一）〜第三次沖縄振興開発計画（一九九二〜二〇〇一）に基づいて、約七兆円の巨費が投入されている（沖縄県企画部資料より）が、そのほとんどが道路、空港、港湾、ダム開発などの公共事業に費やされている。その発注事業費の約五〇パーセントが本土の大手総合建設業者に還流されてしまい、「本土との格差是正」と「自立的発展の基礎条件整備」を掲げた振興計画は、民生向上や経済基盤整備に、充分な成果を上げきれていないのが実情である。

その正体を経済指標で検証すると、復帰時の一九七二年と二〇〇六年の沖縄県の総生産に占める各産業の構成比率を見ると、第一次産業が七・三パーセント→一・九パーセント、特に経済自立の基盤とも言える第二次産業が二七・九パーセント→一一・八パーセントと、振興開発事業費の大半が県外に流失し、経済自立に結びついていないことになる。

また、米軍基地関連収入は、一五・〇パーセント→五・四パーセントと基地依存比率は低くなっているが、二〇〇七年度の沖縄県歳入構成を見ると、自主財源は三〇・八パーセントと、全国平均五〇・〇パーセントを大きく下回り、国庫依存の財政構造になっている。

完全失業率も三・〇パーセント→七・四パーセント（全国平均四・〇パーセント）と悪化し、一人当たりの県民所得ランクも例年最低の第四七位から抜け出せないのである。

今のままでは、米軍基地を押し付けられ、国庫補助に依存する財政構造のまま貧困と向き合う未来を、沖縄県民は我慢して忍従することになる。基地と過度の国庫補助依存関係は、別の言葉に言い換えると薬物依存体質と同じようなものだ。その上、公共投資の名の下に山野は崩され、リゾート開発で海が死滅させられていく。

一九七二年の日本復帰後から二〇一〇年までの臨海部の埋め立て面積は二六・五平方キロメートルに及び、日本国土全体の増加面積の四分の一を沖縄県の増加分が占めるほど、急激な開発が進められている。その開発には、まだ歯止めがかかっていない。

豊かな自然が、開発という名目で破壊されていくことに立ちはだかる自然保護運動が各地に起こるのは、当然のことである。金武《きん》湾を守る闘いもそのひとつであるが、代表的な沖縄自然保護運動を列記すると、「八重山・白保海を守る会」「やんばるの山を守る連絡会」「泡瀬干潟を守る会」「沖縄ジュゴン『自然の権利』米国訴訟」「奥間川流域保護基金」などがあげられる。

二〇一〇年の「生物多様性名古屋国際会議（COP10）」の日本ブースを訪ねてみると、圧倒的に沖縄県関係ブースが情報量と参加者数の両面で他県を圧倒していた。それは逆に、多種多様の生物を育んできた琉球諸島の自然が、今、危機に瀕していることの表われである。

奥間川は沖縄本島北部の「やんばる（山原）」と呼ばれる地にあり、天然保護区域に指定された与那覇岳《よなはだけ》を源流に持つ、全長五・五キロメートルの河川である。下流には環境省の野生動物保護センターがあり、河口近くで比地《ひじ》川と合流し、かつては豊かな水田地帯「奥間たーぶっくわっ（田園地帯）」と呼ばれていた。

この奥間川は現在、県内の飲料水企業二社が取水する清流である。その奥間川がダム計画の対象となり、すでにボーリング調査まで完了し、計画によれば二〇一四年までに大保ダムに連結するダムが造られ、沖縄北西部河川総合開発事業は、奥間ダムの完成によって完了することになっていた。

一九九八年、沖縄県高等学校障害児学校教職員組合（沖高教組）自然保護検討委員会は、奥間川流域住民の要請を受け、奥間川の「生物・水質検査」を行なった。その調査結果によって、沖縄県野生生物レッドデータブック（RDB）や環境省RDBに掲載されているツルカタヒバやクニガミサンショウヅル、ノグチゲラやヤンバルクイナなど、多くの固有種の動植物の宝庫であることが判明する。その報告書が明らかになった結果、兄の義安は「奥間川流域保護基金（代表・伊波義安）」という自然保護団体を立ち上げ、奥間川流域の山林約一〇万坪を数人の有志が購入して保護する活動をはじめた。二〇〇二年に特定非営利活動法人（NPO）として県から承認され、会員八三一名（二〇一二年現在）を擁する、自然保護団体にまで組織は大きくなった。

この団体の目的は、奥間川流域の貴重な自然をダム建設から保護するために市民から基金を募り、この流域森林を購入するナショナル・トラスト運動である。やんばるの森を保護し、世界自然遺産に登録させ、未来の子どもたちに引き継ぐことをめざしている。この保護運動が実り、二〇一〇（平成二二）年一一月、国土交通省は、とうとう国頭村《くにがみそん》奥間川流域で計画していた奥間ダム建設を中止し、比地《ひじ》ダムについても事業着手しないことを決定した。市民運動としてねばり強く自然保護運動をつづけてきた成果がやっと実ったのである。

数年前、兄に頼みこみ奥間川の中流域まで案内してもらったことがある。兄はしきりに手術後の私の足を気遣い、流れの弱い川筋を選びながら私の前を進んでくれたが、それでも浮石や岩場で、自然散策に不慣れな私の足では無理があり、何度も水中に滑り落ち、ズボンはずぶ濡れになった。帰りの車中で兄はこう言っていた。

「まさか、敏男があの中流域まで川を上りきるとは、驚いたなー」

私にとっては、ある思いがあった。それは、兄義安が人生の後半生を、楽しげに、これほど魅せられている奥間川の自然に自分も触れてみたいと思ったからである。

「奥間川流域保護基金」は、これまでの環境保全・保護への貢献活動が認められ、二〇一二年、沖縄海邦銀行から第五回「かいぎん環境貢献基金」の助成金が支給された。兄の言では、この団体の働きを見ていると、自然保護運動はもちろんのこと、沖縄生物多様性市民ネット、枯葉剤問題、基地問題、辺野古・高江ヘリパッド問題、沖縄の市民運動のあらゆる場面で、この組織と会員の顔が見られるようだ、という。

このことについて、兄義安に尋ねたことがある。

「豊かな自然環境は、平和な社会状況でしか守ることができない。人間の尊厳を冒してはならないという、人間が人として本来持っている権利である人権は、基地や武器では守れないし、それらはすべて連環している。だから、自然保護・平和・人権は切っても切れない密接な関係にある。でも、それらのすべてが、沖縄では侵されたままだ」

信州沖縄塾

ここからは、筆者の「現在形」とこれから進むべき道について物語ることにしよう。

私は二〇〇〇（平成一二）年から、長野県上田市を終《つい》の住処《すみか》と決め移り住んだ。生まれ島沖縄から北上して、信州までたどり着いたことになる。

一九六〇（昭和三五）年にパスポートを手に鹿児島県に渡り、翌年、岡山県立邑久《おく》高等学校に入学し、そして東京で学び、東京生活を三三年、今、信州での暮らしが一二年、うちなーんちゅ（沖縄人）と言っても、私の人生の殆どは大和《やまと》（本土）の人たちの中で過ごし、うちなー（沖縄《うちなー》）言葉さえ失いかけている。だからこそ余計に、言葉の抑揚や三線《さんしん》の音色には、過敏なほど反応する。

私が住んでいる信州上田は、東京から一九〇キロメートル、県庁所在地の長野市から南東に四〇キロメートルの位置にある。人口は一五万八六二五人（二〇一二年七月現在）で、長野県下三番目の地方都市である。周囲を一〇〇〇メートル近い山々に囲まれた盆地で、平均気温一二度、年間降雨量は九〇〇ミリと、昼夜の気温差が大きい地である。盆地の中央を千曲《ちくま》川が流れ、右岸が旧市街で、戦国武将真田《さなだ》昌幸《まさゆき》公が築城した上田城の城下町である。そのため市章には真田家の家紋六文銭が描かれている。左岸は鎌倉時代、北条一族の所領地の塩田平《しおだだいら》で、文化遺産が数多く遺されており、「信州の鎌倉」と称される別所温泉が所在する観光地として賑わっている。

信州に住《す》まいを移した理由は、妻の実家が上田市室賀《むろが》にあり、時折、里帰りに同行しているうちに、この地の四季の移ろいと、特に冬の零下一〇度以下になる、肌をピーンと張りつめる冷気が、南の島で生まれた私を虜《とりこ》にしてしまった。その上、家の中に居ながら、狐や狸、そして、雉《きじ》の親子づれまで眺められる自然環境に恵まれていることである。何よりも長野県には米軍基地が存在しないため、救急ヘリ以外、信州の空の静寂を破る侵入者はいない。

二〇〇一（平成一三）年の夏のことである。沖縄キリスト教センターから講演に招かれる機会があったが、その一番前に席を占め、私の話に聞き入ってくれたのが、沖縄県立与勝《よかつ》高等学校教師の宜野座《ぎのざ》映子さんだった。彼女は主催者の閉会挨拶を待ちかねていたかのように、私に駆け寄ってきた。

「今度、沖縄にお帰りになる予定がありますか？　その機会にぜひ、与勝高校の生徒たちに話しに来て欲しいのですが、お願いできますか？」

その依頼は翌年の三月八日に実現した。講演前に校長室に案内されたが、応対するK教頭のよそよそしい態度に、私の講演会の実現までには、いろいろな紆余曲折があったことが窺えた。

この講演会に大きな力を発揮したのは図書委員の生徒だったことを、後で知らされた。

講演終了後、ダンスチームＤ２Ｋの創作ダンス「海底の友へ」が、お礼にと舞われたが、その素晴らしい出来栄えに見入ってしまった。

同校は沖縄県中部の太平洋に突き出た勝連半島にある。半島先端のホワイトビーチは同校の通学区内にあり、アメリカ海・陸軍用の二つの桟橋が設置されており、現在、自衛隊も隣接した基地を持つ。この桟橋は米国原子力潜水艦の準寄港地となっている。二〇〇一年二月九日、愛媛県立宇和島水産高等学校所属の訓練船「えひめ丸」を沈没させた原子力潜水艦グリーンビルも寄港していたこともあり、ダンスチームＤ２Ｋは、高校生四人を含む九人の犠牲者のための鎮魂創作ダンスを作り上げていたのである。

この沖縄県立与勝高等学校ダンスチームと生徒は、同時多発テロ後の二〇〇三年三月二八日、コロンビア大学から「平和を愛する鳥たち」として招かれ、歌や踊りや詩をアメリカ人の観衆を前に演じてきた。あのテロ報復にアメリカ国民が血眼になっていた最中にである。

そのとき、同校の女生徒の自作の詩「WHY WAR?」が、英語で読み上げられた。ここにその訳詩を紹介する。この作詩した女生徒が、実は信州沖縄塾の立ち上げに大きな影響を及ぼすことになる。

「WHY WAR?」

沖縄県立与勝高等学校　三年　平良綾乃

なぜ　戦争なのですか
なぜ　武器を持つのですか
なぜ　争いの旗をふるのですか
なぜ　闘いの道を選ぶのですか
力で手にいれた平和なんて
又　大きな力につぶされる
その繰り返しの果てに
一体何が待つというのですか
私は聞いているのです
沖縄戦で我が子を亡くした母親の悲しみを
私は知っているのです
沖縄戦で親を亡くした子供たちの苦しみを
私は学んでいるのです
沖縄戦で夫を亡くした彼女の嘆きを

でも私は何もできない一人の少女　私に何ができるというのでしょうか
私は無名の一人の少女　私に何ができるというのでしょうか
私は何も持っていない無力な少女　私に何ができるというのでしょうか
そんな自分がとても小さくて小さくて哀しくなった
だけど私の小さな呟き小さな声は
やがて集まり夜空に群れる星のように
平和を誓う数の分まで
暗い夜空を照らしてゆく
だから　今　ここから伝えよう
かなしみを平和へのエネルギーに変えて
たとえ小さな自分でも
きっとできる何かがあるはずだから
今　ここから伝えよう
与勝から　世界へ
平和の想いを歌にのせて
風に伝えて届けよう
平和の歌を風にのせて
今　ここから

二〇〇二年四月の信州には、まだ春の声が届いていなかった。

沖縄県立与勝高等学校の宜野座映子先生からの電話である。

「長野俊英高校郷土研究班から、『ピースinマッシロ』開催の呼びかけがありました。五月二日から五日までの連休中なので、与勝高校からも三人の生徒が参加したいとの申し出があり、引率者の私を含め、四人のホームステイをお願いできないでしょうか？」

そして、映子先生、加奈江さん、美幸さん、綾乃さんの四人がわが家に泊まり込んだ。ホームステイが終わり、帰る日、朝食の食卓を囲んでいるときである。

綾乃さんがつぶやくように、口にした言葉である。

「伊波さん……、聞こえたよー。長野の風には音があるよー」

私は、その言葉の意味を捉えあぐね、聞きただした。

「それ、どういう意味だい？」

「だってねー、目を覚ますと、葉擦れの音が耳に届いたよー。鳥の囀《さえず》りも聞こえたよー……。私たち、いつも朝一番に耳にするのは、ジェット機が飛び立つ音だから」

この言葉に、私の魂は一撃を食らわされた気がした。

――ふるさと、沖縄のことに心を痛めていることでは、他の誰にも負けない――と、自負心さえ持っていたはずの私。その私の日常と、この娘たちの日々とは、これほどの距離ができていたとは……。

この静かな信州で暮らしている私の精神軸は、いつの間にか、ふるさとの沖縄は怒りや痛みとは程遠い――なつかしいだけの故郷――レベルに居座っていたのである。

恥ずかしさがこみ上げ、私はただ一言だけしか、この娘たちに返せなかった。

「ごめんね……」


それから、信州に住む私にできることの模索がはじまった。

――沖縄の情報を伝える・知らせる――

そして、二〇〇四（平成一六）年八月五日、信州沖縄塾開塾の記者会見が長野県庁で行なわれた。その記者会見には、私を含めて以下の七人が出席した。

親里千津子（沖縄戦の語り部）、岡嵜啓子（学習塾講師）、四竈　更（牧師）、表　秀孝（大学教授）、川田龍平（大学講師・現参議院議員）、横田雄一（弁護士）、伊波敏男（作家）

記者会見がはじめてということもあり、新聞記者からの質問攻めに、しどろもどろに答えていた記憶がある。

「信州沖縄塾は学びの組織ですか？」

「市民運動団体ですか？」

「個人の参加を原則とし、どなたでも入塾できます。沖縄を学び、行動することは、それぞれの塾生自身の責任で行ないます」

私たち自身も、まだ、塾の方向性をしっかり確立していたわけではなく、開塾後に一つひとつの課題を整理して、信州沖縄塾は動きはじめた。

ここに三つの目標を掲げ、設立にあたっての考えを明らかにした。

◆目標

（一）私たちは沖縄の現状と歴史、文化を学びます。

（二）私たちは学んだことを糧にして、信州とこの国を検証します。

（三）私たちはそれぞれの立場で行動します。

◆設立趣旨

私たちの安全と平和は、アメリカとの協力関係によって守られていると、多くの人たちが信じています。その砦であるアメリカの軍事基地が、小さな島に集められ悲鳴を上げていても、多くの人たちにとっては南の島オキナワの青い空と海、ひと時の癒しを求めて訪れる非日常の地であり、日常的に表出しているオキナワの痛みや苦しみは、やはり、遠い地の他人事でしかありません。私たちにとって沖縄は、一体どのような存在なのでしょうか。そして、沖縄にとって「日本国」は、何ものだったのでしょうか。

平和の明度《めいど》と彩度《さいど》は、暴力と権力を使う側からは見えないものです。支配され、奪われ、傷つけられ、涙を流した者は、暴力や争いごとの愚かさを知っています。この国の行く末が怪しくなった今だからこそ、「沖縄の丸ごとが平和研究の場所である」と、私たちは認識しています。沖縄発の出来事から、沖縄で生活している人たちの息吹から、醸成された文化と時間から、この国の今と未来を見つめ、血の通った人が生きるにふさわしい時代をみつけたいと声を上げました。

私たちの国は今、危険な岐路に立っています。だからこそ一人ひとりが、自己決定によって自立する市民の「志」を高く掲げ、もう一度、この国が守るべきもの、進むべき未来、人が生きるに値する社会づくりを考え、国や思想や宗教、文化の違いを問わずに、同じ夢を持つ多くの人たちと手を取り合いながら歩き出したいと願っています。

信州沖縄塾は、ゆったりと論議したい人が、それぞれの物差しで動き、たとえ違う意見を持っていても、互いに相手を尊重できる人ならどなたでも参加できます。

ただし、あなたに次の質問だけはいたします。

あなたは「この国」の現状に異議を唱える人ですか？

あなたは「この国」の進路に危機感を持つ人ですか？

あなたは連帯して「この国」を変革することに賛意を持つ人ですか？

あなたは平和を守るために、自分ができることを探している人ですか？


二〇〇四年九月五日、「沖縄はもうだまされない」という演題で、建築家真喜志好一さんによる開塾記念講演会を開いた。そのとき、真喜志氏はアメリカ国防省のホームページに掲載されているオスプレイ（CV-22）についての情報を聴衆に明らかにし、やがて同機は「SACO合意」（「沖縄に関する特別行動委員会」一九九六年）に基づいて、辺野古新基地の主力機として配置されるであろうと警鐘を鳴らした。このオスプレイ情報は、この開塾講演会に参加された方は、八年も前から「未亡人製造機オスプレイ（CV-22）」について情報を得ていたことになる。（オスプレイにはＣＶ－22とＭＶ－22があり、このたび普天間飛行場に配備されたのは、ＭＶ－22である。なお、この情報は、アメリカのＮＰＯ法人アメリカ世界安全保障研究所国防情報センターの報告書“V－22 OSPREY:WONDER WEAPON OR WIDOW MAKER ? They warned us. But no one is listening.” BY LEE GAILLARD に基づいていると思われる。また、真喜志好一、崎浜秀光他著『沖縄はもうだまされない――基地新設＝ＳＡＣＯ合意のからくりを撃つ』〔高文研、二〇〇〇年一〇月〕がある〔以上の注記は、著者／編集部〕）

そのときのパンフレットの表紙に、今は亡き随筆家の岡部伊都子（一九二三～二〇〇八）さんの詩の一部が花を添えた。

子どもらを　売ったらあかん
まごころを　売ったらあかん
こころざしを　売ったらあかん
大自然を　売ったらあかん

そして、開塾にあたって、岡部伊都子さんは、わざわざメッセージを寄せてくださった。

「すばらしい信州沖縄塾ご開講のこと承りこころからお喜びし、感謝しております。伊波様ならではの本質でしょう。無言館の丘から眺めた信州の山々、上田の町。どんなにか多くの人々が、沖縄塾に感動し、大切に学ばれるでしょう。私の詩を引用していただき厚くお礼申し上げます。

六月、七月、八月と三回も同じＮＨＫ・ＥＴＶ特集「消せぬ戦世よ」が放送されて沢山の人びとから『沖縄の現実を知らなかった』とお便りをいただきました。もう歩けなくなって車椅子の人生ですが、沖縄の思い、米軍のヘリコプター墜落の恐怖と憤りでいっぱい。それも日本の政治が余りにひどいからです。

これから益々ひどい状況になるのではありませんか。米国から日本国憲法九条について怪しい妨害がありますもの。

『沖縄は非武装中立のコスタリカみたいに独立してほしい。日本も米国の属国みたいな追随をやめて、自主的平和に進む独立国であらねば』と思っています。

どうぞ、お元気で、よき方向をお進め下さいまし。よろしくよろしくお願い申し上げます。

ささやかな野の花束、献じます。」（原文のまま。二〇〇四年九月）

以下は、記念講演会での塾長としての私のあいさつである。

「信州沖縄塾」の折角の集いですので、うちなーぐちで、ご挨拶させていただきます。

ぐすーよー　ちゅーや　いちゅなさるなか　くんぐとぅ　いめんそーち　うたびみそーち　いっぺーにふぇーでーびる（ご参会の皆様、本日はお忙しい中、多くの方々がおいで下さり、誠にありがとうございました）と、沖縄言葉で申し上げました。

私たちは今から五九年前、涸れるほどの涙を流し、私たちの孫子《まごこ》にもう二度と、戦《いくさ》のための武器を手にさせません。と、世界中に約束しました。それがどうでしょうか。国際貢献、有事法、イラク復興支援、多国籍軍への参加と、歯止めがかかることなく暴走をはじめました。この国が舵を切ろうとしている今なら、まだ間に合います。多くの国民が、この国の平和はアメリカとの協力関係で守られていると、信じています。その結果、一〇五カ所のアメリカ軍基地の駐留を認めております。しかし、そのうちの八〇カ所に近い米軍基地は、全国土のわずか〇・六パーセントにすぎない沖縄県に配置されております。沖縄はいつもこの国の都合に振り回されてきました。太平洋戦争の敗北の結果、沖縄を見捨てるカードをきることで、この国は独立国家として生き延びました。太平洋戦争終結から五九年、私たちはしっかりと平和と繁栄のパイをお腹に詰めこみました。沖縄には、その負の遺産だけを押しつけ、痛みを肩代わりさせたままです。多くの国民にとって、沖縄は癒しのリゾート地であり、二、三日骨を休め、通り過ぎる島としての認識しかありません。

「信州沖縄塾」は、この国は今、危険な岐路に立っていると考えております。だからこそ、今、「沖縄」を通して、私たちの国の行く末を見つめたいと思います。あの太平洋戦争の沖縄では、民間人が地上戦に巻き込まれ一五万人余の命が失われました（沖縄県援護課資料より）。沖縄戦は時間稼ぎの消耗戦とも評されていますが、これは本土決戦に備える松代大本営地下壕を完成させるまでに生み出された犠牲でした。また、長野県は「満蒙開拓団」三万人余を満州へ送り出し、沖縄県も「南洋移民」として約四万五七〇〇人（一九三九年）が南の島々に向かいました。「満蒙開拓団」も「南洋移民」も、どちらも貧しさゆえの棄民でした。

長野県は全国土面積の三・六パーセントを占めながら、幸いなことに米軍基地は一カ所もありません。極めつきの違いは、国による補助事業や公共事業に対する県行政の姿勢です。

私たちは長野から沖縄を、そして沖縄をキーワードにして、この長野県とこの国の未来を考えたいと思います。

本日お集まりの皆様！　この国の現状に異議を唱え、この国の進路に危機感をお持ちの方。お互いに意見の違いを尊重し、手を取りあい、この国を真っ当な国にしたいと思われる方。そして、イクサなどに、この国の若者たちを駆り立てるようなことを決してさせないと思われる方。この国の今の危険な歩みにＮＯ！　の意志をお持ちの方。そして、自分のできることで行動したいと思われる方なら、どなたにでも、「信州沖縄塾」の門は開かれております。

本日は、最後まで、沖縄からのメッセージに耳を傾けてください。ありがとうございました」

（二〇〇四年九月五日　長野大学リブロホールにて）


現在、塾生・賛同者は一六〇名を越すまでになり、長野県における沖縄問題の情報発信の市民組織として、一定の役割を果たすことができる大所帯となった。

沖縄から招いた講師やゲストは三一名、本土のゲスト一一名、政治、歴史、住民運動、自然保護、音楽・舞踏家、料理家と、まさに多分野から長野まで足を運んでいただいたことになる。

また、塾生自身が講師を務める自主講座を一一回にわたって開くことができるまでになり、信州沖縄塾は着実な歩みをつづけられている。

大きなイベント的企画として、「琉球古典舞踊・伝え継ぐ力」やパネルディスカッション「地方マスメディアは『沖縄』をどのように伝えてきたのか？」は、大好評を受け盛況だった。

二〇一〇年五月二八日、たまたま、私は那覇に滞在していた。その日は、沖縄は怒りと悲しみが入り混じった島となり騒然としていた。

連立政権の社民党党首福島消費者担当大臣（当時）を罷免してまで、鳩山総理大臣（当時）は、これまでの主張（国外、最低でも県外という持論）を翻し、普天間飛行場を辺野古に移設することに合意を発表したことへの抗議集会が、沖縄県庁前と名護市役所前で開かれていた。

午後六時台の沖縄のテレビ全局が、この抗議集会を二元中継で伝えていた。私は、家電量販店に入り、二人の老婦人の横でそのテレビ画面に見入っていた。

画面は「『辺野古合意』を認めない緊急市民集会」が開かれている名護市役所前に切り替えられた。雨が降りしきる中で「怒」の文字ステッカー（貼り札）が揺れている。

あいさつをする壇上の稲嶺進名護市長の顔に、横なぐりの雨が打ちつけている。

「今日、私たちは屈辱の日を迎えた」と、市長が口にした瞬間に、私の側でテレビ画面をみつめていた二人の老婦人は、突然、声も立てずにハラハラと涙を流したのである。

ストップモーションのように、涙がその頰を伝っていた。

言い知れない衝撃が、私の胸中にこみあげてきた。

――あー……、きっと、このお二人は、あの沖縄戦もくぐり抜け、異民族支配の二七年に歯ぎしりする日々を送り、祖国復帰に胸を高鳴らせ、わが子や孫たちの寝顔を見つめながら、これでやっと……と安堵のやすらぎに胸をなでおろしたのに、それもことごとく裏切られつづけて三八年。このような無念の時日を過ごしてきたのであろう。民主党政権が誕生し、その総理大臣の言葉に、今度こそ……と、思い始めていた矢先の豹変である。

――またしても！――

この老婦人の涙から、私は激しく責められている気がした。

――あなたは、何をしているの？……あなたも傍観者なの？……あなたの、なすべきことをしなさい！――と。


私は長野に戻り、信州沖縄塾は、すぐに動きはじめた。

地元紙『信濃毎日新聞』紙上を、長野県民の氏名で埋め尽くそう。

沖縄にいつまでも無関心でいることは許されない。長野県民の意思を明らかにするための意見広告に取り組むことにした。

呼びかけには二七名の方に名前を連ねていただき、「この豊かな海を戦争のための基地にさせない」と、四つの主張を掲げて動きはじめた。
(一)　わたしは、危険な普天間基地の閉鎖・撤去を求めます。
(二)　わたしは、沖縄県民の意思を踏みにじり、過重な基地負担と沖縄の自然環境を破壊する、新たな米軍基地の建設に反対します。
(三)　わたしは、アメリカ海兵隊をアメリカ国内に撤収させるために、真剣な交渉をアメリカ政府とすすめるよう日本政府に求めます。
(四)　わたしは、世界の平和を願う国際反戦デーに、沖縄問題を自分自身の問題として向き合う意見広告に賛同します。

呼びかけをはじめて、国際反戦デーの一〇月二一日までは、たった七〇日間しかなかった。一〇〇〇円の賛同金と個人参加を条件とした取り組みは驚くことに四三六六名が参加し、二〇一〇年一〇月二一日の『信濃毎日新聞』の一ページ全面が賛同者の名前で埋め尽くされた。その後も賛同者が相次ぎ、とうとう、その後二回に分けて紙面を飾ることになった。

信州沖縄塾の事務局が上田市にあるため、小宮山量平氏からは何くれとなく心のこもった支援をいただいた。同氏は理論社の創業者・社長・会長として、日本の児童文学を育てた方であるが、引退後、故郷の上田市に「Editor's Museum 小宮山量平の編集室」を開設され、九〇歳を越してもお元気に執筆をつづけておられた。

「小さきものの視座」の連続講座は、同ミュージアムとの共同企画であったが、毎回、講演者の話に耳に手を当てながら聞き入っておられる姿が思い出される。残念ながら、二〇一二年四月一三日、九五歳で永眠された。日本の良心とも言える灯台の灯が、またひとつ消えた。

ある日、小宮山さんは私に、こう話されたことがある。

「私は、自分の子どもたちに、決して、物見遊山で沖縄の地を踏んではならないと、言い聞かせている。あなたたちの信州沖縄塾の役割は、ちょうど、あの詩と同じようなものだねー」とおっしゃって、壁に掛けられている手書きのノヴァーリス（Novalis 一七七二〜一八〇一。ドイツの初期ロマン主義を代表する詩人、思想家）の詩を指差した。

同胞《とも》よ
地は貧しい
吾らは
豊《ゆた》かな種子《たね》を
蒔《ま》かなければ
ならない

訃報を伝えられ、小宮山さんが復員後、新大久保駅から目にした瓦礫の焼け跡に、涙が溢れ出る中で思い浮かんだという、あのノヴァーリスの詩が、ふと私の頭をよぎった。

「この敗戦の祖国の大地にこそは、余程深く耕して豊かな種子を蒔かなければと、思いがつのった」（『昭和時代落穂拾い』小宮山量平著、週刊上田新聞社）

私の故郷の沖縄には、これから、どのような種子を蒔けばいいのだろうか。

「琉球」が「日本国」に統合され「沖縄県」になって以降、一九七二年の祖国復帰が実現するまで私たちの先輩たちはでき得るかぎり自らの出身県を隠した。それは、沖縄県出身であることによって受ける差別や不利益から逃れる術のひとつであった。今では、その類のあからさまな差別はなくなっている。

民主主義とは、それぞれ個人の自由意思が尊重され、民が主人公であり、民によって選ばれた議会や団体の意思決定は多数決を原則とする、と教えられてきた。ところが、沖縄に対する国家政策や政治選択には、全く別の差別の構造意識が働いたままである。

ハワイ島ではオスプレイの訓練飛行は、環境影響評価《アセスメント》で取りやめていながら、沖縄では住宅地上空を飛び回っている。外出禁止令が出ているのにもかかわらず、駐留アメリカ兵による事件・事故が続出している。なぜ、ハワイや日本本土で許されないことが、沖縄では可能になるのか？

二〇一三年一月二七日、沖縄県四一全市町村長、市町村議会議長、沖縄県県議が、県民世論九〇パーセントの反対意見に押されて、オスプレイ配備の撤回と普天間基地の県内移設反対を訴えて上京した。

私の手元に一月二六日付の『琉球新報』の特集紙（八頁）がある。一面は「――オスプレイ配備撤回要請　沖縄四一市町村長東京行動――守る命　問う差別」の大見出しが躍っている。二面は「欺まんの抑止力効果」、三面は「低くなった基地依存」、四、五面が「動かぬ基地」、六面は「県内四一首長コメント」、七面に「識者インタビュー」、八面が「過去の米軍関連犯罪・事故」となっている。残念ながら本土マスコミの報道は、沖縄県民の意思に反してきわめて冷ややかな取り上げ方である。ここにも、突きつけられているこの問題への「沖縄」と「本土」の温度差が歴然としている。

沖縄県民の意思を無視し、琉球弧の軍事的立地特性のみを重視する国家政策は、近い将来、我慢強く耐えてきた沖縄県民の飽和点を越してしまうのが見えてくる。福島の原発事故と同様に、沖縄県民の怒りが爆発して後に学ぶというような愚かさを繰り返してはならない。

終の章　君たちの未来へ

土に埋めた太陽

故郷を離れた人にとって、故郷の存在は心の拠りどころとなるものである。それは、いつも自らの心を温めてくれる太陽にも似ている。しかしながら、その故郷の名を口にするだけで蔑《さげす》まれた「沖縄差別」が存在していたことを、読者の皆さんはご存じだろうか。

ここからは、実例に添って物語を進める。

恩納岳《うんなだき》に源流を持つ前袋川（現安富祖川）の上流に流れ落ちる犬滝の周りの樹木の枝が、みーにし（新北風）に揺れていた。長男の興光兄（筆者の父）から、次男の興明兄（私の叔父となる）と自分が呼び集められ、内密の話でもするかのように小声で申し渡されたことを、三男の興達（私の叔父）は鍬を振り下ろしながら、何度も噛みしめていた。

「私も、興明も、とうとう教育を受けることができなかった。興達、お前は、それではだめだ。私が働いて、その学資を必ず作るから、小学校尋常科だけは卒業しろ。卒業したら三年間辛抱して、残りの年季奉公の務めを果たせ。そして、年季が明けたら、興明を頼ってヤマト《大和》に出ろ」

その年季奉公も間もなく明けるというのに、南大東島で働く兄興光からのヤマト《大和》行きの話は一向に届かず、間もなく一五歳を迎えようとする興達の胸はふさがるばかりであった。

鳥たちのさえずりが消え、山里は山も人も眠りの時を迎えようとしていた。労役の汗を洗い落とし、闇に沈んでいく風景を、庭先から見下ろしていると、鬱々《うつうつ》とした興達の気分を癒してくれる。やがて、草むらのこおろぎが羽音を競い合い、ふもとの安富祖川辺りに、蛍の群れが飛び交いはじめる。その小さな光はぼんやりとした遠景の中で点滅している。突然、九十九折《つづらおり》の山道を登ってくる提灯《ちょうちん》の灯が目にとまった。

――今どき、誰だろう？――見下ろしていると、その提灯は、わが家への道の途中の久場《くば》さん宅を通りすぎ、なお、山道を登ってきた。興達は大楠まで下り、提灯の主を出迎えた。客人は恩納村の又吉真志《またよししんし》青年団長だった。青年団長は提灯の火を吹き消して声を掛けた。

「やー、青年団の寄り合いがあったものだから、こんなに遅くになってしまった。興用さんは、もう休まれましたか？」

「ええ、とっくに床に入っておりますが」

「そうですか、でも、ゴゼイさん（興用の妻）と興達に話せればいい相談事だから、上がらせてもらうよ」

すでに父興用は酩酊し、すっかり寝入ってしまっていた。しきりに恐縮する母ゴゼイに、青年団長から伝えられた用件は、興達のヤマト行き（本土に行くこと）に関することだった。

「去年、結婚で戻ってきた興光さんから頼まれたことがあった。――弟の興達の年季奉公が明けたら、兄の興明を頼ってヤマトへ渡れと言い渡しているが、自分も所帯を構えることになり、実家への仕送りもこれまで通りにしなければならない。弟の年季が明けるまでに、ヤマトまでの旅費や費用がどうしても作れそうにない。でも、弟をこのまま沖縄に残しておくと、あいつの人生は取り返しのつかないものとなってしまう。それで、又吉青年団長にたっての願いごとがある。誠に申し訳ないが、青年団長の信用保証で、興達をヤマトに送る費用を用立ててもらうことはできないだろうか。二年後には必ず弁済するから、と——。興光さんから頼まれていたその金策の目処《めど》がやっとついた。二年後にはとりあえず、その報《しら》せに訪ねてきました。興用さんには、日を改めてご相談にあがりますと、お伝えください」「興達、良かったなー。いよいよヤマトへ向かえるようになるぞ、しっかり準備をしないとなー。それまで、もう一年もないぞ」

待ち焦がれていた朗報が、思いもかけない時に伝えられ、興達は平伏した額を床にこすりつけるようにしてお礼を述べた。その背を母の手が摩《さす》っていた。

その又吉真志《またよししんし》青年団長は、兄の興光とは三線《さんしん》仲間でもあり、気の合う親友でもあったが、後に、興光の妹、伊波家の次女ツルと結婚する縁にも結ばれることになる。

当時の教員の初任給が四五円のときの大金七〇円が青年団長の手で用意され、一五歳の少年は、一九二二（大正一一）年、次兄興明が待つヤマトへ旅立った。

那覇港を出港した貨客船以智丸は、寄港地奄美大島名瀬《なぜ》を経由して神戸港に向かった。これまで旅と言えば、父の使いで徒歩による今帰仁間切《なきじんまぎり》までの経験しかなかった興達は、長旅の緊張と船酔いのため、三等船室で吐き気と頭痛に打ちひしがれ、足元をふらつかせながらトイレを何度も往復していた。その都度、母が用意してくれた腹帯《はらおび》のお金はしっかり確かめていた。三日がかりでたどり着いた神戸港だったが、そこからまた、はじめての汽車による東京行が待ち構えていた。車窓の風景などはひとつも記憶にないぐらいの緊張の連続で、東京駅で出迎えてくれた兄の興明の顔をホームで見たとたん、人目もはばからずオイオイ声を上げて泣いた。

　四年前に東京に渡っていた兄興明が勤める島田硝子株式会社は、千葉県松戸にあり、東京駅から電車を乗り継ぎ、やっと、街灯が点《とも》る頃に会社の寮にたどり着くことができた。兄は吹きガラス職工として勤めていたが、二〇人ほどの職工仲間では腕の良い職人として重宝される存在になっていた。都市の街頭にはガス灯が点り、そして家庭の明かりもランプから電気へと移り変わり、電燈用ガラスの製作も、これまでの職人による吹きガラスから、全自動押型機による大量生産がはじまっていた。そのため、手描きによる焼き付けや無色透明のクリスタル・ガラスの表面に、さらに薄く色クリスタルをかぶせる色きせカットができる、特殊技能を持つ職工のみが厚遇されるようになっていたが、兄興明はいち早くその技術を習得していて、若手の嘱望頭となっていた。興達は、そのツテで兄と同じ会社の下働きとして職を得ることになった。

　寮部屋で旅装を解いた興達は、すぐさま、兄から言い渡されたことがあった。

「いいか、興達、これから話すことは、お前がヤマトで生きて行く上で、絶対に心に刻んでおくべきことだ。どんなことがあっても忘れるな！　まず、出身地を聞かれたら鹿児島県と答えろ。ふたつ、伊波の姓の呼び名を、いなみと名乗れ。そして、決して島言葉《しまことば》を話してはならない。それにできるだけ島人《しまんちゅ》とは交わるな。最後に、赤に近づくな。いいか、これらのことは心して、覚えておけ！」

　――アカ？――。はじめて耳にする言葉であった。

「兄さん、アカとは何？」

「主義者のことだ。そのうち、詳しいことを教える」

厳命されたその意味を理解できるようになるのに、それほどの時間はかからなかった。

兄は工場での会話には、やたらとオハン（お前）とか、ゲンネ（はずかしい）やジャッドー（そうだ）などという薩摩ことばを使っていた。

ヤマトでのはじめての正月を間もなく迎えようとしていた。

興明兄さんは馴染みの女給から誘いがあったと言い、――興達、お前もそろそろ社会見学が必要だなー――と、カフェーなるところに、興達をはじめて連れ出した。

店内の奥の席に案内された二人を取り囲むように、数名の女給たちが嬌声《きょうせい》を上げながら席に着いた。

「これ、弟の興達だ。まだ坊やだから、お前たち、余計なことを教えるなよー。これにはサイダー、俺はいつもの熱燗《あつかん》」

興達は兄の隣で顔を上げることもできずに身を固めていた。

常連のよしみなのか、その上、話題が豊富な興明兄さんの話につられて、カフェー内では女給たちが笑い声を上げたり、手をたたいたりと賑やかなやりとりがしばらく続いていた。

その騒ぎに割り込むように、ひとりの女給が、昨日来店した津田沼の鉄道連隊の人から聞いた話をはじめた。

「連隊では、今、新しい隊員たちの訓練がはじまって大変だって。その新しい隊員の中には、外地から朝鮮人、台湾人、琉球人も来ていて、生活習慣も違うので、隊内生活や細々としたことで行き違いがでるんだって。その中でも琉球人が一番呑み込みが悪く、面倒がかかるって、こぼしていたわ。ねー、興さん、琉球って、何処にあるの？」

店では「興さん」と呼ばれているらしい兄の顔に一瞬、緊張の表情が走ったが、すぐにおどけたように、少し上ずった声で答えた。

「琉球？　そこはだなー、おいどんの故郷鹿児島の、はるか、はるか、向こうの、遠ーい、遠い、南の島だ」

そう言い終わると、兄の興明は、手酌《てじゃく》で酒をたて続けに口にした。そして、周りの女給たちの胸元に、チップだと言いながら一〇銭札を押し込んだ。その度に、女給たちの嬌声が上がった。

「いやー、今宵は弟の顔見世に立ち寄っただけだからグッドバイ、バイだ。そこの別嬪《べっぴん》さんたちよ、これから、わが弟の興達をヨカニセドン（立派な青年）に仕立て上げてくれよ。明日は、早番だから、これで失敬する。さあー、興達、名残り惜しいが、引き上げるぞ!!」

女給たちがしきりに引き留めるのを振り払い、店をでるとき、兄の興明はアイガトサゲモシタ（ありがとうございました）と、薩摩弁の言葉を残した。

正月が過ぎ、興達は初めての休みに一人で浅草に出た。松飾りがとれた街は、まだ正月の華やいだ空気を引きずっていた。

――東京は、なんと人間の数が多いところか、その上、物珍しい品物が、こんなにも沢山店に並んでいる――。浅草寺《せんそうじ》仲見世通りの人の波に気圧《けお》され、眩暈《めまい》にも似た偏頭痛を覚え、表通りから路地裏に抜けた。そこは先程の喧騒《けんそう》とはまるで別世界の、生活のたたずまいが感じられる路地が続いていた。

興達は一軒のしもた屋の軒下に吊り下げられている——貸間案内——の看板を目にして、金縛りにあったように、息を呑んで立ち尽くしていた。

——貸間あり。ただし、朝鮮人、琉球人はお断り——

その看板の琉球人の文字が、自分が名指しされている気がして、つい、周りに目をやった。

——琉球人は、やはり三等国民なのか……——旅装を解く間もなく、あの日、兄から申し渡されたことが頭を過《よ》ぎった。兄のあの言葉は、このことを教えてくれていたのか。

一九二三（大正一二）年、九月一日の関東大震災に襲われた日のことである。その日は蒸し暑く、ガス窯の前に立つ興達の額から首筋にかけて汗が噴き出していた。もうすぐ昼休みという時だった。足元が小刻みに揺れ出し、すぐに工場の中がガタガタ音を立てた。周りで「地震だ!!」との声が飛んで間もなくだった。地面が縦に揺れたり、横に揺れたり、大騒ぎの中を転がりながら、興達も工場の庭に飛び出した。隣の鋳物工場が音を立てて崩れ落ちた。幸いなことには島田硝子工場は鉄骨の頑丈な造りだったお蔭で、工場の一部に被害は出たが寮の被害も小さく、二人は怪我をすることもなく、この大震災をくぐり抜けることができた。しかしながら、東京市辺りは夜になっても赤々とした炎が空を照らしていた。そして、命からがら荒川を越して来た被災者の口から伝えられる被災状況には、震えが止まらなかった。

——東京中が焼け野原になってしまった。至る所に焼死体が積み重ねられている——

そして、それから数日して、大通りの辻々には血走った表情をした自警団が立つようになった。

そのわけを聞くと、――朝鮮人が暴動を起こす、井戸に毒を入れ、放火しているという通報があり、朝鮮人たちを摘発している――とのことであった。

その言葉を耳にすると、急に背筋に悪寒《おかん》が走った。路地裏で目にした、――朝鮮人、琉球人はお断り――という貸間募集の「但し書き」の文字が、頭の中によみがえってきたのである。

――自分も朝鮮人の仲間に間違われて、襲われるのではないか――その恐怖心が何日も興達を捉え、数日間は工場内と寮の行き来をするだけで、部屋にこもっていた。もちろん、暴動など起こらず、きわめて悪質な流言蜚語《ひご》であった。震災後、二週間もすると、工場内は建物の修復と機械整備が終わり、生産を再開できるようになった。そして、工場へは生活食器類の注文が殺到するようになり、急遽《きゅうきょ》、工場ではその注文に応えられるように二交代制が組まれ、興達も一足飛びに一人前の職人仲間に加えられた。

はじめて一人前の職工として手にした給金袋を開け、その金額に驚いてしまった。給金袋には沖縄を出るとき、又吉真志《またよししんし》青年団長が用意してくれた大金の半分以上の、四五円が入っていたからである。興達は誰かと給金を間違えて渡されたのではないかと不安になり、兄に相談したところ、「間違いなどであるものか、びっくりしないでも良い。俺などは七〇円の給金取りだ」と、笑われてしまった。世間は震災不況に見舞われていたが、ガラス工場の関係者は、目が回る程の忙しさと引き換えに、羽振りの良さを手に入れていた。

一年後、二人は工場近くで間借りの同居生活をはじめた。興達も次第に周りの状況が見えるようになってきた。休憩時間になると、工場内ではチンチロリンというサイコロ博打《ばくち》に職工たちは熱をあげており、高給取りの兄興明はいつもその中心にいて、いつの間にかその小金を貸し出す、胴元まがいの立場になっていることがわかった。興達も職工仲間のその遊びに何度も誘われたが、その輪から離れ、その年、春秋社から出版された中里介山の『大菩薩峠』を読みふけっていた。部屋に戻っても、その本を手放すことができず読んでいると、兄からこう言われた。

「お前なー、そんなに本に夢中になっていると、そのうち、主義者たちに目をつけられ、その仲間に引っ張りこまれるようになるぞ」

兄興明の遊び癖は、益々エスカレートしていた。職場で行なわれる小金の博打に飽きてきたのか、玄人筋の賭場《とば》にも出入りするようになり、実入りの良い日には、カフェーの女給二、三人を引き連れてのご帰還となった。

兄の遊び方は不思議なことに、休日の前夜に出かけ、出勤日早朝には必ず部屋に戻っており、仕事には一切迷惑をかけることがなかった。しかし、次第にその帰りの時間が早くなり、ひと頃の景気のいい話は聞かされることがなくなり、かえって、弟に金を無心するようになった。それが度重なってくるので、興達はついに、兄に意見をするようになった。

「兄さん、僕は毎月二〇円も家に仕送りしている。僕より二倍近くの高給をもらう兄さんは、そのほとんどを遊びに使い果たして、それでも足りないという。これでは、興光兄さんに恥ずかしい。このような生活から、一日も早く抜け出してください。この金は家への仕送りに必要ですから、必ず返してくださいよ」

「わかった。わかった。そのうちに倍にして返すから」

当初は、約束期限には返済されていた兄の借金も、次第に滞るようになり、そのことで日頃はおとなしい興達も、ついに言葉を荒らげて兄の不行跡を責めるようになった。もともと、辛抱強い質《たち》であったが、別居すれば新たな費用もかかることから、我慢に我慢を重ねながらも、兄との同居生活は寮での暮らしを含めると七年目に入っていた。探究心が旺盛で、その上、生真面目すぎるほどの性格のため、いつの間にか会社における技能評価も兄をしのぐまでになっていた。他方、何度意見を繰り返しても、兄の遊び癖は収まる気配を見せなかった。

――このままいつまでも兄と一緒の生活を続けていたら、自分も自堕落になってしまう――その迷いが次第に胸の中で膨らみ始めていた。

一九二九（昭和四）年、興達は工場出入りの業者から工場裏に呼び出された。――東京の清水硝子株式会社で、先頃ガラス専用焼付顔料が開発され、手描きによる焼き付け加工がはじまる。そのため、腕の確かな職人を探している。ぜひ、興達さんを紹介したいのだが――との誘い話があり、渡りに船とばかりに転職を決断した。ただし、このことは、兄には内密で決行された。

それらの仲たがいもあり、次男興明と三男興達は、その後、とうとう兄弟間の関係も修復できないまま、永遠の別れとなった。

次男興明のその後の消息について記すと、間もなく郷里の沖縄にもどり家庭を持ったが、一九三四（昭和九）年、南洋興発の労働者募集に応じて単身でサイパンに渡った。終戦の一九四五（昭和二〇）年、別の女性を同伴して南洋から引き上げてきた。そのため、妻子とは別所帯を構え、最期はひとり寂しく人生を終えた。ただし、葬儀はひとり息子が喪主として仕切り、その位牌は孫によって大切にお守りされている。

さて、三男興達叔父のその後である。その晩年は千葉県で暮らしていた。

東京空襲が始まった一九四四（昭和一九）年の暮れから、二二年間の東京生活を切り上げ、家族を引き連れて千葉県君津町で疎開生活をしていた。

戦後、ガラス職人の職に見切りをつけ、そのまま君津町郊外の久留里に農地を購入して定住することにした。戦後復興にとって食糧需給は最も重要になることを見越して、農業で生計を立てることを決断したのである。夫婦はその時、まだ四〇代前の働き盛りで、陽が上り、夕闇が迫るまで農地に立ち、篤農家として人生の最充実期を送っていた。持ち前の夫婦揃っての勤勉さで、後に東京に近い習志野町で大規模畑作・養鶏家として大成功を収めていた。

一九六〇（昭和三五）年、高度経済成長の波に乗り、京葉コンビナート工業地帯が東京湾を囲むように形成され、特に一九七〇年以降、新日鐵君津製鐵所の操業開始に伴い、人口が急激に増加し、習志野郊外までベッドタウンとして開発されるようになった。

興達夫妻が丹精こめて作り上げた農地の隣接地まで新興住宅地として開発されるようになり、新築の家並みが現われ、売り出されていた。子どもたち五人のうち、誰ひとりとして農業を引き継ぐ意思も見せないことから、六五歳を機に、夫婦は農業者としては引退することを決断した。農地の大半を宅地開発業者に売り渡し、数棟のアパート経営の生活設計で悠々自適の余生を送ることにした。もともと若い時から寡黙であった興達は、いよいよ夫婦二人だけの隠居生活に入ると、日を重ねるごとに体中から生気が抜け出していくような気に襲われた。三八歳から夫婦で荒地に鍬を入れ、豊かな畑地に育て上げるまで人生のすべてを注ぎこんできただけに、急に梯子《はしご》を外されたような思いになり、所在のない気分だけがつのってくる。

隠居生活とは、こんなにも一日が長いものかと、はじめて実感するようになった。

これまで積み上げてきた自分自身の人生が、一つひとつ消去されていくかのような思いにかられていたとき、たまたま妻の買い物につきあわされ、千葉のある百貨店で開催されていた、千葉県菊花展を目にしたのである。そして、その開催場に釘づけになったように、菊のまわりから離れようとしなかった。それから、一週間も一人でその菊花展に通いつめた。

それからは、何かにとりつかれたように、鉢菊に関する書籍を買い込み、読みふけっていたが、まず、裏庭で土づくりをはじめ、一心不乱に観賞用の菊づくりに没入するようになった。生来、何事にも精魂をかたむける性質なだけに、たちまち菊コンクールの受賞常連者にまでのぼりつめ、特に懸崖《けんがい》づくり（花を滝のように垂れ下がった形に仕立てる）では他の追随を許さない域にまで達していた。それでも、これほど菊づくりの趣味にのめりこんでも、老いを意識するようになったこの頃、とらえようのない寂寞感《せきばくかん》が襲ってくるのである。

それは、故郷「沖縄」と自分の人生との距離の取り方に起因していると思えた。

一五歳で東京にたどり着き、――琉球と島言葉を隠せ――との兄興明からの厳命と、関東大震災の時、血走った目で――朝鮮人狩り――に遭遇したあの恐怖心がいつまでも心中に巣くったままで、それからかたくななまでに、興達の「沖縄」は心中深く沈められた。

――自分の故郷の影をできるだけ消す――このことは、次第に悔恨となって、自分を責めはじめていた。

自分の心に重しのようにわだかまっている「故郷の沖縄」から、できるだけ距離を置こうとすればするほど、いつの間にか故郷を失った根無し草の自分の上を、寒々とした風が吹き抜けていた。特に、血族の証とも言える自分の姓「伊波」をいなみと名乗り続けている自分に鞭打つようになった。

若いときから社交はそれほど得手ではなかったが、自分の周囲でつながる人たちに声を大にして故郷を語れない苛立《いらだ》ちと空しさ……。隠居を機に、夫婦そろって沖縄に帰郷したが、その時の衝撃は余りに大きすぎ、興達は打ちのめされてしまった。

——寄り添い合う温もり——自分が失った物が、これほど大きかったとは……。

帰郷旅行からもどってからの興達は、しばらく、ふさぎの虫に取りつかれたように部屋にこもったままだった。

帰郷の際、郷里の従兄弟《いとこ》たちが四十数名も集まり、企画してくれた「従兄弟会」の集合写真を、隣人や菊づくりの友人たちが訪ねてくるたびに、誇らしげに披露するようになった。

菊づくりの合間には、従兄弟会からプレゼントされた「琉球古典舞踊曲大全集」のテープを取り出しては、何度も何度も聞き入っている興達の姿が見られるようになり、離れの部屋で茶をすすりながらポツリと漏らした一言は、妻の敏子にも思い当たるものがあった。

「私たちは、もっと、子どもたちに沖縄を語るべきだった。私たちの郷里《ふるさと》では、家督を譲っても、いつまでも年寄りたちはその家の中心の座にあり、大事にされている」

屋敷内の離れの夫婦二人の隠居生活は、時折、小学四年生になった曾孫《ひまご》の理紗がおやつの時間に立ち寄るだけで、静かに明け暮れていた。

「理紗ちゃん、大おじいちゃんに、お茶が入ったよと、知らせてきて」

廊下の突き当たりに、大おじいちゃんの書斎があった。

「大おじいちゃん、お茶が入ったよ」

障子の内側からボリュームをいっぱいにした音楽が聞こえている。このところ、時間があれば、いつもカセットデッキとにらめっこしているように、大おじいちゃんは音楽に聞き入っていた。

障子を開け、今度はカセットの音楽に負けないほどの大声を掛けた。

「大おじいちゃん、お茶！」

大音量にしたカセットデッキに、背を丸めるようにして聞き入っている曾祖父が振り向いた。その頬は涙に濡れていた……。――アッ！　大おじいちゃんが泣いている――

今まで一度も目にしたことがなかっただけに、理紗はおどろいてしまった。

「大おじいちゃん、お茶が入ったってよー、大おばあちゃんが呼んできてって……」

いつもなら、障子越しに、「お茶よ」と告げ終わると居間に駆け戻っていたのに、なぜか、その日は、大おじいちゃんの涙顔に出会ったせいか、そのまま大おじいちゃんをひとりきりにしてはいけないと思った。

大おじいちゃんはタオルで涙をぬぐい、ゆっくりとした動作でデッキからカセットテープを取り出し、「琉球古典舞踊曲大全集」と印刷されたセット箱に納めた。理沙はじーっと、その所作

を見つめていたが、いつもより元気な声で、

「大おじいちゃん、今日は特別に、理沙と仲良しして手をつないでいこう」

理沙は曾祖父の手をとり、緩慢な足運びに合せて居間までもどり、いつもの中央の椅子に、興達を座らせた。

大おじいちゃんが涙を流していた音楽。小学四年生の理紗からすれば、不思議な音律で、どの音楽も同じに聞こえていたので、以前、そのことを大おばあちゃんに聞いたことがあった。

「ねー、あの音楽、どこの民謡なの？」

「大おじいちゃんや、大おばあちゃんの故郷《ふるさと》、沖縄の音楽なのよ」

「沖縄って、あの安室奈美恵のお・き・な・わ？」

「そうよ」「本当？　それって、すごーい！　でもさー、安室の音楽とちがって、とってもスローテンポね」

そのことを思い返しながら、理沙は言葉を掛けた。

「大おじいちゃん、いつか理紗にも、あの音楽を一緒に聞かせてね」

腰を下ろした理沙の背中を、大おばあちゃんの敏子がやさしくなでた。

私の父興光は、一九七九（昭和五四）年、脳卒中で倒れ意識がもどることなく亡くなったが、入院していた病院に叔父興達の名代で、長男の文之さんが見舞ってくれていた。たまたまその時には付き添いの家族が不在で、後刻、病院の主治医の報告でそのことを知ったのである。

——見舞いに来られた方は、涙を浮かべながら意識のない興光さんの手をしばらく握っておら

れました。ご家族の方に渡して欲しいと、この名刺をお預かりしました——
それには、東京と千葉に路線がある大手私鉄の会社名が刷り込まれていた。

〇〇電鉄株式会社
　企画部事業推進課
　　課長　伊波《いなみ》　文之

その叔父興達は、一九九八（平成一〇）年、九一歳で天寿を全うし、叔母はその三年後に他界した。今回、この稿を書くにあたって、従兄弟《いとこ》の文之さんにたどり着き、電話で叔父興達の来し方を取材する機会があった。文之さんが言うには、

「父は、ほとんど私たちに故郷の沖縄を語りませんでした。叔父伊波興光さんを父の名代で見舞う前の日に、私たちの姓の『伊波』は、本来の戸籍の呼び方は、『いは』であり、『いなみ』は呼び換えをしていたと、父の口からはじめて聞かされました。どうして、そうしたのでしょうか？」

電話で通じた従兄弟からの質問に、私はしばらく間を置いて言葉を返した。

「……。文之さん、あなたのお父さんが姓の呼び方を変え、自分の子どもたちに生まれ故郷を語れなかったことは、どんなに辛かったことでしょうか」

ガラス窓を通して、秋明菊《しゅうめいぎく》が揺れているのが見えた。

＊本文中に、配慮すべき表現・用語があるが、時代及び歴史的背景に鑑み、そのままとした。（編集部）

産土《うぶすな》への言付《ことづ》け

さて、物語を今日の時代に戻すことにしよう。ここからは、私の故郷《ふるさと》の未来を背負う若者たちへの、私からの言付《ことづ》け（メッセージ）である。人は誰でも、血や土地で結ばれた共同体がある。そこには通じ合う言葉があり、共有する文化や風習がある。なぜ、人は自分の産土《うぶすな》にそれほどの郷愁を覚えるのだろうか？　私が思うところでは、そこには共有できるアイデンティティー（自己同一性、同一であること。主体性）が存在しているからではないだろうか。

私がこの本を書き始めた動機は、戦争につながる新たな負担が、次からつぎへと故郷の沖縄に押しつけられているという現在の状況に疑問を抱いていることにある。なぜ、「同胞」を口にする政府が、これほどまでに理不尽なことを、沖縄県民の民意など少しも意に介することなく、沖縄に突きつけることができるのだろうか。沖縄の今日を理解するには、やはり歴史を遡《さかのぼ》らなければ、その実相を読み解けないと思いはじめた。この本の時代背景は、「琉球処分」（一八七九）から今日現在までである。その時代背景の中で、ある一族がどのように生き、時代の流れに翻弄《ほんろう》されてきたかを描くことで、あるいは「現在の沖縄」の姿が、浮き彫りになるのではないかと思い定めて書き始めた。史実を背景に、登場人物は私の先祖、伊波一族四代の物語である。登場する群像の一人ひとりは、歴史の成功者でもなく、従ってヒーローでもない。それどころか、かえって、ある意味では、勝ち組にはなれず、不器用に生きてきた一族の足跡である。

私は、パソコンに文字を打ち込み画面上の文章を目で追いながら、ふと手を休めて自分の人生を振り返ってみた。つい、キーボード上に乗せられている私の両手に視線が留まる。知覚を失い、その上、幾筋もの整形手術痕《あと》が刻まれた両手である。一〇本の指はハンセン病の後遺症で変形して、見栄えがよろしくない。そのため、流れるようにキーボード上をタッチしながら文字が打ち込まれて、綴られたものではない。ポツ、ポツと、まことに不器用に文字を一字ずつ拾い打っている。しかし、この不自由な両手は私に寄り添いながら、私の人生を支えてきた手である。

私は、これまで三冊の本と二冊の改訂本を世に出してきた。作品の主題は、すべて私自身のハンセン病に関わることであった。私は、ハンセン病回復者として学んだ揺るぎない確信がある。それは、私たちの人間社会に存在する「偏見」と呼ばれる社会意識は、いかに根強く、いろいろな顔を持ちながら私たちの身近に潜んでいるかということである。この不条理は、生半可な立ち向かい方では歯向かえないほど強力《ごうりき》である。多数の強者たちは、「偏見」という刃《やいば》の「差別」面を研ぎすましながら、少数の弱い者に狙いを定めている。私はハンセン病問題を語り続けて四〇年、苦しみや涙を流した者が、足を踏ん張り、訴えつづけていけば、必ずや人間社会の理知の扉は開かれると思っている。

ハンセン病は、大昔から、世界中のいたるところで、恐ろしい病気の代表格としての位置を占めてきた。そのため、治療薬が発見される一九四三（昭和一八）年まで、この病気への対策は、病人たちを一般社会から「隔離」することで感染拡大防止策としてきた。

治療薬の発見や医学の進歩によって、ＷＨＯ（世界保健機関）は、「隔離政策」を方向転換する新しい指針を示した。その結果、一九六〇年代から世界のハンセン病対策は、隔離から在宅治療に大きく舵が切られるようになる。しかしながら、なぜか、わが国はらい予防法が廃止される一九九六（平成八）年まで、これまでの「絶対隔離政策」や法律をかたくなに守り続けてきた。このため、多くのハンセン病者やその家族の尊厳と人生は奪われてしまった。私は一四歳から一一年間も、この特別な場所、ハンセン病療養所で隔離生活を送ってきた。

私は一九六〇（昭和三五）年、勉学への望みを断ちがたく、隔離されていたハンセン病療養所を脱走し、高校進学のために、父に伴われて鹿児島県鹿屋《かのや》市のハンセン病療養所にたどり着いた。日本国内で唯一、療養しながら学べる岡山県立邑久《おく》高等学校新良田《にいらだ》教室への受験資格を得るためであった。そして、念願の高等学校に合格し、一九六一（昭和三六）年、私は鉄格子窓を持つ特別郵便貨車で、鹿児島県から岡山県まで輸送されていた。その特別郵便貨車のうす暗い室内灯の下で、ふたつの国際文書を読みふけっていた。その二種の国際文書は、「ＭＴＬ国際らい会議」（一九五四）と、「らい患者救済並びに、社会復帰に関する国際会議（ローマ決議）」（一九五六）の文書である。そこに記されていた文書の内容に、私は天地がさかさまになったような衝撃を受けていた。その文書には、

——らいは個別的疾病ではなく、らいは流行地においては一般的公衆衛生上の問題である。恐怖及び偏見のない公衆衛生の原理に基づいて、らい管理政策を樹立せねばならない——。

——特殊ならい法令は廃止され、らいも一般の公衆衛生法規における他の伝染病の線に添って

立法されることが望ましい――。

閉じ込められた特別郵便貨車で輸送されている、今の自分……。それならば、なぜ？　世界の流れとは全く違う扱われ方をされているのは、いったい何故なのか？

――わが国の隔離政策は、現在の国際的な方向にも反して、間違っている！――

このふたつの国際文書から、私は日本国のハンセン病政策の誤りを知り、それはまた、私の精神軸に決定的な影響を与え、私の人生の選択に大きな道筋を示してくれた。

私は、わが国がハンセン病政策の誤りを認める三〇年も前から隔離を拒否し、自ら「ハンセン病回復者」であることを明らかにして、普通の社会の中で生きる道を選んだ。当時の社会常識からすれば、極めて異端の道へ踏み込んだことになる。それは、私自身の国や社会への、人間の尊厳を賭《か》けた抵抗の意思表示であったが、人間の私を取りもどす闘いでもあった。

――家族、それは、最も絆が強い人間社会の基礎単位である。

――故郷《ふるさと》、その響きを耳にするだけで、だれもが心の中にほっこりとした温もりを覚える。故郷には、愛し合う自分の家族が住み、まわりには、長い時を重ねながら言葉を交わし、助け合った人たちがいる。故郷はそれらの人たちが支え合う、絆によって結ばれた共同社会である。

その家族と故郷を、国の権力で無理やりに奪ったのが、ハンセン病者への強制隔離という国策であった。その過《あやま》ちは、人間が作り上げた国家と社会が産みだしたものである。その過ちに抗《あらが》い、国や社会の蒙《もう》を啓《ひら》くためには、まず、その被害に泣いた者たちが口を開き、真実を話さなければ、一般社会の人たちは正しい情報に接することができない。

――自分自身の存在証明を明らかにする――私の決断はそこを出発点にしていた。そのために、私はあえて、自ら明らかにした「ハンセン病回復者」と、紹介されることも容認してきた。

残念ながら、この国では人が等しく生きるために守られるべき理念が、余りに粗末に扱われすぎている。私は自分のハンセン病問題の体験から、偏見や差別によって私も社会から排除されてきたお互いの「不幸」の順位を競い合っているだけでは、この国に存在しているはずの人権という太陽の光を取りもどせないことを知った。ハンセン病体験は、確かに人生の痛みとしては強いものだったが、それは〝決して〟日本の人権問題のすべてを代表するものではない。そこで私がたどり着いたことは、人間社会が造り出した排除された特定の人たちが手助けを求め、苦悩している多くの人たちと共に、私が果たすべき、私にしか成しえない役割があるのではないかと思いはじめたことである。私が絶望という穴から這い出すことができたのは、間違いなく、多くの人たちが手を差し伸べてくれたからである。私は、小さな自分の人生から学んだことがある。一見、孤立しているように見えても、自ら信ずる道を歩み続ければ、必ず道は拓《ひら》かれる！　と。

人間は「知る」ことによって真実に近づき、自らの進むべき道を認識し、自分自身の考え方を持つことができる。認識の原点に軸足を置いた人間は、社会とのかかわりの中で、かならず、自分の責任で行動するようになる。その働きかけが原動力となって、人間社会は発展してきたのである。

私の産土《うぶすな》である琉球は、四五〇年もの長い間、独立国家「琉球国」という特異な歴史を持っていた。――現在――は、日本国の四七番目の都道府県で沖縄県と呼ばれている。「現在は」と、ただし書きをつけたのは、沖縄県と呼ばれている琉球国は、今から一三〇年余り前に日本国家に組み込まれ、沖縄県として誕生した歴史を持つからである。

　琉球国は国土も狭く、特別な産物も持たない小さな王国であり、この国が東アジアの中で、四五〇年もの長い間、独立国家として存立できたのは、国の基本政策を貿易立国としてきたことによる。国家間の交易が成立する前提条件は、まず、お互いが尊敬し合い、国家間の友好関係が維持されて成立する。従って、貿易立国の琉球国は、この間、平和国家として近隣諸国との交流がなされていたことになる。貿易立国の琉球国は、また、国土防衛のために武力を保持しない、極めてまれな国家であった。だから、他国に武力で攻め込むことも、攻められることもなかった、誇るべき国家の故郷を、私たちのご先祖たちは作り上げていたことになる。

　二〇一二年五月一五日。復帰四〇周年記念式典で野田佳彦内閣総理大臣（当時）は、「『万国津梁《ばんこくしんりょう》』の精神が二一世紀の沖縄を切り拓く大きな財産だ」と、梵鐘の銘文から一部を引用して挨拶した。しかし防衛省は、これより二年前の二〇一〇年には、五年から八年後を目途に、段階的に宮古島や石垣島に陸上自衛隊の国境警備部隊（数百人）を、与那国島に沿岸監視部隊（約一〇〇人）を新たに配備する検討をはじめており、動的防衛力の構築を柱とする「中期防衛力整備計画」（平成二三〜二七年度）を策定していた。記念式典に出席する直前のアメリカでの記者会見で、野田首相は日米の新たな同盟強化を謳っているが、この「万国津梁」を引用した挨拶は、かつての琉球国の矜持と気概を刻印した梵鐘銘文の精神とは、全く正反対だったことになる。

琉球国は南海の勝地にして、三韓の秀を鐘《あつ》め、
大明を以て輔車《ほしゃ》となし、日域《じちいき》を以て脣歯《しんし》となす。
此の二者の中間に在りて湧出《ゆうしゅつ》せる蓬萊島なり、
舟楫《しゅうしゅう》を以て万国の津梁《しんりょう》となし、
異産至宝《いさんしほう》は十方刹《じっぽうさつ》に充満せり、
地霊人物は遠く和夏の仁風《じんふう》を扇《あふ》ぐ（一部抜粋）

琉球国は南海の恵まれた地域に立地し、朝鮮のゆたかな文化を一手に集め、中国とは上あごと下あごのように密接な関係にあり、日本とは唇と歯のように親しい関係をもっている。この二つの国の中間にある琉球は、まさに理想郷といえよう。よって、琉球は諸外国に橋を架けるように船を通わせて交易をしている。そのため、外国のめずらしい品物や宝物が国中に満ちあふれている（以下略）

（『高等学校　沖縄・琉球史』〔新訂・増補版〕沖縄歴史教育研究会／新城俊昭著、編集工房東洋企画、二〇〇四年）

歴史が教えていることは、交易によって国は富み、互恵の精神によってのみ、国と民の自由な往来が可能になるということである。自由な交易を保証するのは、平和な関係が維持されることが前提になる。小さな王国、古き琉球の先人たちの知恵は、このことを私たちに教えてくれる。

琉球王国は、第一尚氏王統（一四〇六～一四六九）から第二尚氏王統第七代尚寧王（一五八九～一六二〇）時代まで、中国とは冊封《さくほう》関係（当時の宗主国である明国の皇帝から王位の承認を受ける）を守りながら、二〇四年間、琉球王国は独立国家として存立していた。しかし、一六〇九（慶長一四）年、薩摩藩の侵略によって琉球王国の独立国家としての体制は実質的に失われ、その後の一八七九（明治一二）年の琉球処分までの二七〇年間、名目上は独立国家体制は維持していたが、

実体は薩摩藩の隷属下に置かれていた。

では、なぜ、このような複雑な琉球「外国化」政策をとったのだろうか？

この理由は、琉球王国と中国との歴史的関係が背景にあった。琉球国と中国は「冊封」と「朝貢」関係にあり、新国王誕生時には、中国から「冊封使」を迎え、中国皇帝から承認を受けていた。中国皇帝と琉球国王には君臣関係が成立し、中国との貿易や中国皇帝の庇護のもとに、東・東南アジア全域での自由交易が保証され、王国は貿易立国として繁栄していたことがわかる。

当時の日本国は徳川幕府時代で、国際的には鎖国政策をとっており、長崎だけに門戸を開き、ポルトガルやオランダとの交易が行なわれていたにすぎなかった。徳川幕府と薩摩藩は、明国と朝貢関係にある琉球を活用することに目をつけ、薩摩藩侵攻後も中継交易の利を得るために、名目的には独立国「琉球王国」を存続させ、この琉球国家を使い分けたのである。

関ケ原合戦（一六〇〇年）に敗れた薩摩藩は、外様として生き延びることになったが、藩財政は破綻寸前にあり、藩財政の再建には、琉球国を介する中国（明国）との交易利益と奄美大島の直接統治による税収が、どうしても必要であった。そこに幕府と薩摩藩の思惑が一致した。

関ケ原合戦での敗北から約二七〇年後、薩摩藩は明治維新で立役者の雄藩として強い影響力を発揮するが、その藩財政の基盤を支えたのが、琉球諸島の統治による蓄財であった。

その「外国化琉球国」も、一八七九（明治一二）年の「琉球処分」によって、ついに名実共に日本国に組み込まれ、ここに沖縄県が誕生することになった。

この「琉球処分」を王政や圧政からの琉球人民の解放と見る歴史学者もいるが、私はその見方に一部は同意する。しかし、日本国による沖縄への対処法は、その後も一貫して、本土の都道府県とは、異質な扱われ方であった。

ある国家が、別の国家や集団に統合されるということは、併合する側は、まず、自国への同化を図るために、法律・行政・税制や教育体制の同一性・同一化を強力に推し進める。そして、言語や慣習、文化までも呑み込んでしまう。

その反作用として、統合された側は、時間の経過と共に、統合した側への同質性志向を強めるようになる。そして、古くから培われてきた固有の文化やアイデンティティー（自己同一性）は、「古臭いもの」として、乗り越えるべき対象として放棄される力が働くようになる。

そのことは、「日本人になりたくても、なりきれなかった」と、後世、揶揄《やゆ》されることにもなるが、我らうちなーんちゅ（沖縄人）は、背伸びと卑下の間を行きつ戻りつしながら、まるで苦菜を口中で嚙み砕き、呑み込んだように、「日本人」としての己の立ち位置を考え続けていたに違いない。

太平洋戦争では、日本国の最前線として、民間人も巻き込んだ「捨石の島」の役割を担わされ、多くの犠牲者が生まれた。やはり、沖縄の存在価値は本国の防波堤でしかあり得なかった。

戦争はそれぞれの人の「固有名詞」を奪ったまま、数多くの人たちの存在証明を消し去る。その上、後世の歴史検証によって、自らの命と引き換えにした戦争が祖国防衛などではなく、他国を侵略し、アジア諸国の人々に苦難を負わせたと断じられるほど、無念なことはないであろう。そして、近親者の命が「いくさ」で奪われた者ほど、より強く「平和」を願うのは、当然のことである。

日本国の都合による沖縄の「切り捨て」カードの切り方は、すでに過去、清国に提案した明治一三（一八八〇）年の分島・増約（改約）案、⑴沖縄諸島以北を日本領土とする、⑵宮古・八重山諸島を中国領土とする、などでも立証ずみであったが、昭和二六（一九五一）年、日本国はサンフランシスコ平和条約を締結して独立を果したが、同条約第三条で、日本国はまたしても北緯二九度以南の南西諸島（琉球諸島及び大東諸島を含む他の諸島）を、アメリカ軍による占領・支配下に置く条約（合衆国を唯一の施政権者とする信託統治制度の下に置くこととする）を承認してしまった。

それから二七年間、沖縄ではアメリカ軍の支配下で、土地の強奪、人権の蹂躙、アメリカ軍兵士の暴力に晒《さら》されつづけてきた。当然のように、この無法な支配へ立ち向かう、あなたたちの祖父母たちの抵抗がはじまることになった。異民族支配の無法に立ち向かい、日本国への「祖国復帰」を掲げ、その旗印に日章旗を振りながら闘ったのである。

一九七二（昭和四七）年、その夢がやっと実現したかに思えた。

日米両国間の沖縄返還協定が締結され、その協定内容が明らかになるにつれ、――核抜き本土並み返還――は、沖縄の人たちが望んでいたものとは程遠いものであることを知った。核の持ち込みは「密約」によって保証され、沖縄の米軍基地の現状は何ら変わることがないままの日本復帰が明らかとなった。それでも、沖縄の多くの人たちは、平和・基本的人権・民主主義を基本理念とする「日本国憲法」下の祖国に復帰するのだから、このアメリカ軍支配より、きっと、すばらしい新しい沖縄が誕生すると信じていた。

一九七二（昭和四七）年五月一五日。東京では沖縄復帰記念式典が開催され、高らかにバンザイが叫ばれていた。

同じ日の沖縄は、朝から雨が降りしきっていた。那覇市民会館では屋良《やら》朝苗《ちょうびょう》（一九〇二〜九七）知事も出席する新沖縄県発足式典が行なわれ、隣接する与儀公園は返還反対を叫ぶデモ隊で騒然としていた。式典での屋良知事の沖縄県発足宣言を注意深く読むと、西暦と元号が使い分けられており、沖縄の複雑な現状を読み取ることができる。

「宣言。一九五二年四月一日に設立された琉球政府は、一九七二年五月十四日をもって解散し、昭和四十七年五月十五日、ここに沖縄県が発足したことを高らかに宣言します」

デモ隊の人たちが歌う、「沖縄を返せ」の歌詞が、「沖縄に返せ」と歌われていたが、その後の沖縄の状況から見ると、その歌詞の歌い替えは的を射ていたことになる。

あれから四〇年、私たちの祖父母たちが夢に描いた「平和国家」の祖国日本は、そのかけらさえ見当たらない。沖縄を取りもどした日本政府の思惑は、やはり、本国の辺境に位置する防波堤としての沖縄の役割にしか関心を示さないまま今日に至っている。そのため、――過重のご負担をお掛けして誠に申し訳ない――と、常に言葉を添えながら、私たちの故郷は、ますます軍事基地としての機能が強められていく。沖縄の大地は、戦争で流されたおびただしい人間の血を吸いこんだ島である。地中の御霊《みたま》たちは、きっと叫んでいるに違いない。

——わが孫子たちよ、この島・おきなわを、再び、いくさのために利用される島に、決して、させてはならない。かつての交易で栄えた琉球こそが、わがふるさとの島の本来の姿だ——

一九七二年の日本復帰以降、政府は沖縄に一〇兆円近い振興費を注ぎ続けているという。その度に、

——沖縄にはこれまで大きな犠牲を払ってきてもらった。そして、これからも多大なご迷惑をお願いしなければなりません——と、同じ言葉を四〇年聞かされつづけてきた。（伍の章、一六七頁参照）

それでは、その膨大な振興費は、どのような恩恵を沖縄にもたらしたのだろうか？

祖国復帰から四〇年、毎年発表される県民所得ランクは、いつもワースト。失業率も八パーセント台で、これもワースト。特に若者たちの失業率が段違いに高い。この状態は、いったいいつまで続くのだろうか。注ぎこまれる国からの振興費のほとんどが公共事業に使われているが、この膨大な投下資金は本土大手ゼネコンに吸い上げられていく。沖縄版ＯＤＡと言われるのもそのことを指しているのである。その結果、自立のための経済基盤は崩壊し、国庫からの補助金なしには成り立たない沖縄県の財政状況が作り出されてしまった。分かりやすい言葉で表現すれば、国に依存しなければ成り立たない県、ちょうど「地方交付税」や「国庫補助金」という薬物の中毒にされたようなものだ。だから、若者たちに働く場も夢も与えることができていない。振興開発費を利用した事業で亜熱帯の自然の宝庫と呼ばれていた山野は崩され、海は赤土に汚され、珊瑚は絶滅の寸前まで追い込まれてしまった。これが、日章旗を振り、わが祖国日本国へ戻ろうと

闘ってきた人たちへの四〇年後の回答だとすれば、余りに無残な仕打ちではないだろうか。

私は、一九二三（大正一二）年、大日本帝国陸軍沖縄連隊区司令部から参謀本部へ提出された報告書「沖縄県民の歴史的関係および人情風景」を読み返している。

「久シイ間、日本・中国両国ノ間ニアリ、学校教育努力シッツモ理想ニ遠シ。皇室国体ニ関スル観念徹底シアラズ、進取ノ気概ニ乏シク優柔不断、遅鈍悠長、協同心功徳心乏シ、犠牲的精神ハ皆無、責任観念ニ乏シ、盗癖アリ、向上発展ノ気概ナシ」

この文書に盛られている大和から見た沖縄への視点は、昔の時代錯誤から発せられた考え方だと矮小化《わいしょうか》してはならない。見給え、今も繰り返される政府による理不尽な押しつけの数々を。どれだけ腰を低くして、揉み手で甘言を重ねても、「琉球処分」以来、変わることなく流れているのは、わが故郷、沖縄への「侮蔑観」を基本にする差別観である。

沖縄の近世の特徴は、支配する権力は違っても、一貫していたのは抑圧された歴史の連続である。薩摩藩の侵攻後は、琉球王府と薩摩藩による二重支配があり、廃藩置県後から敗戦までは日本政府による皇民化政策が推し進められ、太平洋戦争後は二七年の間、アメリカ軍による異民族支配下で辛酸をなめることになった。そして、あれから四〇年、沖縄県民が一番待ち望んでいた日本復帰による「平和の島」を取りもどす夢は、叶えられるどころか無残に打ち砕かれたままである。日本の安全を保障するには、沖縄のアメリカ軍基地は抑止力として必要であると、多くの国民は認知している。

さて、歴史とはなんだろうか？　歴史を、自分とつながる人たちにまでさかのぼって、身近なものとして見直すと、今までとは全く違う世界が見えてくる。それは、決して、国家や権力を握る者や多数者だけが登場する記録ではない。歴史の基本は、自分につながる人たちの命の連環の記録である。だから、決して、ひとくくりで語ってはならないほど重い。一人ひとりの命には時間があり、その時の中には、多くの喜びや苦しみがあり、流し足りないほどの涙や悩みの一切合財が詰め込まれた人々の宝箱が、歴史である。

今から五三年前、パスポートナンバー一二八四七号を手にした「琉球住民　伊波敏男」が鹿児島に降り立った、あのとき、「あなたは日本人ですか？」と聞かれた。そのとき私は、胸が反り返るほど反って、間髪を入れずに答えたものだ。

「私は日本人です!!」

日本復帰から十数年が経ち、同じ質問を投げかけられたときの私は、しばらく間を置き、迷いながらも小さな声で答えた。「はい、日本人です……」と。

そして、今の私は、同じ問いかけに、答える言葉を見失ってしまっている。

さあ、どうやら紙数も尽きつつある。君たちの未来へ向かって、自己の主体性とは何であり、琉球・沖縄のアイデンティティー（自己同一性、主体性）とは何かを考えてほしいのだ。

人の第一歩は、命を与えられた産土《うぶすな》からはじまる。私の命の鼓動も、あなたたちと同じ沖縄とも呼ばれる「琉球」で、第一音を発した。それからの人生の大半は、ふるさとを離れたヤマトで過ごし、そのため、いつも、故郷を離れた遠い者の目で、南の島に想いを重ね、胸を痛めることしかできなかった。私に残された人生という時《とき》もそう多くはないだろう。これから新しく何かをやり遂げることには限りがある。その中でも一番の心残りは、故郷の未来の姿である。

あなたたちの祖父母たちは、人が人を殺す戦争のための基地をなくし、平和の島の沖縄をとり戻すために、一生懸命に闘ってきた。残念ながら、そのことは、未だに実現することはできないままだ。そのため、次の時代を背負うあなたたちに、大きな「負の遺産」を引き継がせることになってしまった。人間の歴史には、努力しても実現できないことも現実に存在する。わが産土《うぶすな》の琉球・沖縄は、歴史的主体性を発揮できないままの歴史を刻んできた。文化と言語、宗教や歴史的経験の同一性は、政治的共同体という国家によって強制的に奪われたり、強制的に押しつけられたりするものだ。それが「琉球処分」以来、今日まで続いている私たちの故郷の姿である。あなたたちの心に、ぜひ刻んでもらいたいことがある。それは、主体性を失わない集団の尊厳とは何かということである。それを、沖縄を故郷《ふるさと》に持つ、あなたたちだからこそ追い求め続けてほしいのだ。

私たちの先祖は、遥か遠い東の海の彼方に、豊穣の生命の源を産み出すニライカナイ（楽土）から神がやってきて、この琉球弧に豊かな稔《みの》りと共に、人々に結《ゆい》の心をもたらし、死者たちは、ニライカナイへ戻り、死後七代にしてわが故郷《ふるさと》の親族たちの守護神に成り代わると信じてきた。

「強い国家」を目指して、昔帰りの喇叭《らっぱ》を盛んに吹き鳴らしている「日本国」の端に位置し、「沖縄県」を産土《うぶすな》とするあなたたちだからこそ、きっと、いつの日か、人と人が争うための武器を捨て、アジアの国々を自由に往来していた、あの琉球王国時代の私たちの先祖のように、互恵と平和の旗「琉球」をはためかせて、世界中の海を駆け巡っている姿が見られるようになることを……。

私も、あのニライカナイからあなたたちを見守り、その日が来ることを、待つことにしよう！

【参考文献】

以下を、参考文献目録とした。なお、引用文献は本文中に注記したものもある。
『おもろさうし』〈日本思想体系　18〉外間守善・西郷信綱校註（岩波書店）一九七二年
『琉球歴史・文化史総合年表』又吉眞三編著（琉球文化社）一九七三年
『高等学校　琉球・沖縄史』［新訂・増補版］沖縄歴史教育研究会／新城俊昭（編集工房　東洋企画）二〇〇四年版、二〇〇七年版
『琉球の歴史』仲原善忠（沖縄文化協会）一九七八年
『沖縄県国頭郡志』国頭郡教育部会編（沖縄出版会）一九六七年
『名護六百年史』比嘉宇太郎（沖縄あき書房）一九八五年
『沖縄医学史――近世・近代編』稲福盛輝（若夏社）一九九八年
『人間・普猷――思索の流れと啓蒙家の夢』中根学（沖縄タイムス社）一九九九年
『沖縄文学選――日本文学のエッジからの問い』岡本恵徳・高橋敏夫編（勉誠出版）二〇〇三年
『沖縄・先島への道』〈街道をゆく　6〉司馬遼太郎（朝日新聞社）二〇〇〇年
『沖縄歴史物語――日本の縮図』〈平凡社ライブラリー252〉伊波普猷（平凡社）一九九八年：底本『伊波普猷全集』（平凡社）一九七四―七六年、新版一九九三年　第一巻及び第二巻。『沖縄歴史物語』［東京版］沖縄青年同盟中央事務局発行、一九四七年／［ハワイ版］マカレー東本願寺発行、一九四八年
『琉球処分以後』〈上・下〉新川明（朝日新聞社）一九八一年
『「琉球処分」を問う』（琉球新報社）二〇一一年
『明治国家と沖縄』我部政男（三一書房）一九七九年
『おきなわ歴史物語』高良倉吉（ひるぎ社）一九八七年
『琉球王国』高良倉吉（岩波書店）一九九三年
『琉球と中国――忘れられた冊封使』原田禹雄（吉川弘文館）二〇〇三年

『沖縄・世がわりの思想──人と学問の系譜』真榮田義見（沖縄タイムス社）一九七二年
『沖縄の教育風土記──県立一中・首里高校九十年のあゆみ』（養秀同窓会）一九七一年
『琉球王国時代の初等教育──八重山における漢籍の琉球語資料』高橋俊三（榕樹書林）二〇一一年
『福州琉球館物語──歴史と人間模様』多和田真助（ひるぎ社）一九九三年
『「危機の時代」の沖縄──現代を写す鑑、十七世紀の琉球』伊藤陽寿（新典社）二〇〇九年
『恩納村誌』仲松弥秀執筆・編集（恩納村役場）一九八〇年
『今帰仁村史』今帰仁村史編纂委員会編纂（今帰仁村）一九七五年
『村制二十周年記念　南大東村誌』比嘉寿助編（南大東村役所）一九六六年
『昭和法要式』川島真量校閲（法藏館）一九五九年
『南島の村落』〈日本民俗文化資料集成　第九巻〉谷川健一責任編集（三一書房）一九八九年
『沖縄　島々の藍と染色』小橋川順市（染色と生活社）二〇〇四年
『史実と伝統を守る　沖縄の空手道』長嶺将真（新人物往来社）一九七五年
『ミンサー全書』（「あざみ屋・ミンサー記念事業」委員会）二〇〇九年
『沖縄染色文化の研究』上村六郎（第一書房）一九八二年
『古伝　琉球唐手術』岩井作夫（愛隆堂）一九九二年
『沖縄伝武備志』楊名時監修・大塚忠彦翻訳（ベースボール・マガジン社）一九八六年
『沖縄の法典と判例集──琉球科律・新集科律・糺明法条・平等所記録』崎浜秀明編（本邦書籍）一九八六年
『琉球共産村落の研究』田村浩（沖縄風土記社）一九六九年
『廃藩置県当時の沖縄の風俗』（月刊沖縄社）一九九二年
『沖縄の言論人大田朝敷──その愛郷主義とナショナリズム』石田正治（彩流社）二〇〇一年
『新琉球史　近世編』〈上・下〉（琉球新報社）一九九〇年
『沖縄県史料　前近代　六　首里王府仕置（二）』沖縄県立図書館史料編集室編（沖縄県教育委員会）一九八九年
『沖縄の冠婚葬祭』（那覇出版社）一九八九年

『昭和時代落穂拾い』小宮山量平（週刊上田新聞社）一九九四年
『日本軍敗北の本質』新人物往来社戦史室編（新人物往来社）一九九七年
『沖縄はもうだまされない――基地新設＝ＳＡＣＯ合意のからくりを撃つ』真喜志好一、崎浜秀光他著（高文研）二〇〇〇年
『アジア・太平洋戦争』吉田裕（岩波書店）二〇〇七年
「戦後五十年　人間紀行　そして　何処へ／第二部　闘い／立つ」『沖縄タイムス』一九九五年五月一六日・一八日・二一日・二二日・二三日
『日の丸・君が代』押しつけ反対闘争の記録」（沖縄県高等学校障害児学校教職員組合沖縄県立中部工業高等学校分会）一九八七年
「伊波義安さんインタビュー記録　石川アルミ闘争と金武湾を守る会――自然と文化の豊かさを守る沖縄の平和へ」森宣雄編［研究記録］二〇一一年
「座談会記録　歴史と現在のなかの『金武湾を守る会』――中部反戦、石川市民会議、中部地区労とのかかわりから」森宣雄編［研究記録］二〇一一年
「崎原盛秀さんインタビュー　現在に引き継がれる『金武湾を守る会』の闘い」『情況』（情況出版）二〇一〇年一一月号
「崎原盛秀さんインタビュー記録　金城清二郎さんと、『金武湾を守る会』の歴史的いちづけ」森宣雄編［研究記録］二〇一二年
『「沖縄」に生きる思想――岡本恵徳批評集』（未来社）二〇〇七年
『亜熱帯の自然　やんばる　世界自然遺産候補地・琉球諸島』（ＮＰＯ法人　奥間川流域保護基金）二〇〇三年
『琉球の「自治」』松島泰勝（藤原書店）二〇〇六年
『大浦湾　生き物マッププロジェクト』（沖縄リーフチェック研究会）二〇〇九年
『ネーチュア　イン　沖縄』（沖縄県文化環境部自然保護課）二〇一〇年
『琉歌大観』島袋盛敏（博栄社）一九六三年

『琉球三味線寶鑑』池宮喜輝（沖縄芸能保存会）一九五四年
『中国と琉球の三弦音楽』王耀華著・金城厚監訳（第一書房）一九九八年
『三線のはなし』宜保榮治郎（ひるぎ社）一九九九年
『継承　古典の響き』目取真永一（自費出版）一九九九年
『屋部の八月踊り』屋部の八月踊り一三〇周年記念誌編集部／屋部字誌編纂委員会編（屋部の八月踊り一三〇周年記念祭実行委員会）一九九六年
『沖縄から国策の欺瞞を撃つ』照屋寛徳（琉球新報社）二〇一二年
『星条旗と日の丸の狭間で――証言記録・沖縄返還と核密約』具志堅勝也著・沖縄大学地域研究所編（芙蓉書房出版）二〇一二年
『戦後史の正体――1945-2012』孫崎享（創元社）二〇一二年

「国に惑い」、「島が惑う」――後書きにかえて

信州上田の里は冬構えの景色の中にある。家のまわりの木々はすっかり葉を落とし、夜陰に舞うように降っていた粉雪は、夜が明けると、辺り一面を白いキャンバスに塗り替えていた。裏山の木々はその樹枝に雪だまりを乗せ、陽光さえも凍えるような天空に、自分の立ち位置を凛《りん》と守ったまま、その幹を伸ばしている。

私の産土《うぶすな》である沖縄は、かつては小国ながら琉球国と呼ばれた独立国家であった。

一六〇九（慶長一四）年、この南の島の小王国は三千の兵を率いた薩摩藩に侵略され、薩摩と清国の二国に両属する特殊な国家として存続した。しかし、その後の二七〇年間は、実質的には薩摩藩の隷属下で苛烈な搾取を受けることになる。外国との鎖国政策をとる徳川幕藩体制下でも、琉球国は清国との冊封《さくほう》関係は維持するが、琉球国を経由する進貢交易品と琉球諸島から収奪した黒砂糖専売制で得た利益は、薩摩藩の財政を大きく潤していた。

一八六八年、大和《ヤマト》（日本本土）では、尊王攘夷運動など、激しい動乱を経て江戸幕府は廃され、政権は天皇に移り、明治維新となった。そして一八七一（明治四）年、将軍支配の二百数十の幕藩体制が天皇の下に、廃藩置県という一大政治改革が断行され、日本国という国家体制が確立する。しかし、琉球藩は鹿児島県に隷属する形で明治国家に組み込まれ、それから八年後の一八七

九（明治一二）年の「琉球処分」によって、名実ともに日本国の一県、沖縄県となった。この背景には、旧琉球国支配層が清国とのこれまでの歴史的な関係を持ち出し、説得による日本国への統合は遅々としてすすまなかった。琉球の日本国への統合は、清国との間で外交問題にまで波及する懸念があったが、西欧列強に戦《おのの》き、国家の建設を意図する明治国家にとって、いつまでも琉球藩問題を放置しているわけにはいかず、武力を背景に琉球藩王の逮捕権と強権行使によって「琉球処分」は断行されることとなった。私の故郷沖縄は、「琉球処分」によって大和世（ヤマトユー）に組み込まれ、太平洋戦争の敗戦後、アメリカ世（アメリカユー）（米国の施政権下）に変わり、そして、「祖国復帰」によって、ふたたびヤマトユーに戻った。

六八年前、沖縄は焦土と化した。

沖縄学の父と称される伊波普猷《ふゆう》氏（一八七六〜一九四七）は、遠い故郷に想いを寄せながら、遺稿の通史的史論『沖縄歴史物語――日本の縮図』（一九四七）の小序で次のように書き記している。

「……太平洋戦争が勃発して、間もなく日米の決戦場となり、遂に世界史上未曾有の大惨害を蒙《こうむ》るに至った。わけてもその文化財の見る影もないまでに破壊し去られたのは、惜しみてもなお余りあることである。『島惑ひ』した私は、せめてその文化のあゆみを略述して、故郷を偲《しの》ぶよすがにしたい。一九四七年六月十三日」

この沖縄の古語にも現代語にもない「島惑ひ《しままど》」という言葉の意味を、琉球文学、文化研究の第一人者である外間守善《ほかましゅぜん》氏（一九二四〜二〇一二）は、「『島惑ひ』という語は、沖縄の古語にも現代語にもないもので、伊波の造語である。壊滅したであろう沖縄の、島の形も人々も見えなくなってしまって絶望的に惑っている伊波の悲しみを映してあまりある言葉である。たぶんシママディー（島惑ひ）と読んだであろう。沖縄方言では、道に迷うことをムヌマディー（もの惑い）というから、戦争で壊滅したと伝えられる故郷の行く先が見定められず、心が混乱しているさまをシママディーと表現したのだと思う。沖縄戦で九死に一生を得て生き残った私、および私の周辺の人たちが、虚脱と混乱の渦に巻き込まれていた五十三年前の沖縄のあのさまもまた『島惑い』だったわけであり、それは敗戦後の新しい憲法に包まれながら行き先の見えない虚脱と混乱に懊悩《おうのう》した日本中の『国惑い』でもあったわけである」と説明している。（「解説——伊波普猷の日本への遺言」伊波普猷『沖縄歴史物語——日本の縮図』〈平凡社ライブラリー〉平凡社、一九九八年／「解説」伊波普猷著・外間守善校訂『古琉球』〈岩波文庫〉岩波書店、二〇〇〇年）

伊波普猷は『沖縄歴史物語』の末尾で「……終りに、帝国主義が跡を絶つ暁には、『にが世を、あま世になす』ことが出来る、との一言を附記して、この稿を結ぶ。（昭和二十二年七月九日脱稿）」（直筆の草稿）と書き残しているが、外間守善氏の「解説——伊波普猷の日本への遺言」を精読して気づかされたことがある。この「一言」の附記には、沖縄を故郷に持つ人たちに、自らのアイデンティティー（自己同一性、普猷のことばでいえば「無雙絶倫《ユニークネッス》」）に誇りを持つことを説き続けていた普猷からの、未来への警告が込められていたであろう。

おびただしい血と涙を吸い込んだ南の島は、やがて「『にが世を、あま世になす』ことが出来る」どころか、未だに「にが世」のまま、伊波普猷が待ち望んでいた「あま世」の到来は、ますます遠ざかるばかりである。

私が「琉球住民 伊波敏男」のパスポートを手に故郷の沖縄を後にしてから、五三年目を迎える。私は、鹿児島、岡山、東京、そして、長野を終《つい》の棲家《すみか》とする今日まで、人生のほとんどを沖縄の人たちが「ヤマト（日本本土）」と呼ぶ地で過ごしてきた。

その所為《せい》なのだろうか、このごろ、紅型《びんがた》の色合いや芭蕉布の風合い、故郷の山野に彩りを添えていた草花にさえ、得も言われぬ胸の鼓動を覚えるようになった。特に、三線《さんしん》の旋律や琉舞の微細なこねり手や足運びの動きを目の当たりにするだけで、つい、目頭が熱くなる。

本書『島惑ひ』の物語は、「琉球処分」（一八七九〈明治一二〉年）から今日に至る一三〇余年間の、わが伊波一族四代にわたる歴史的記録と文学的虚構による物語である。

この書には一人のヒーローも存在しない。それどころかかえって、時代に弄《もてあそ》ばれ、時流に逆らい不器用に生きたわが一族の物語である。一人ひとりに実像に近い命を与え、言葉や生き方まで書き記せたのは、残念ながら私の祖父興用《こうよう》の代以降である。従って、それ以前の登場者は、これまで言い伝えられている欠片《かけら》をつなぐ小説的な虚構に頼らざるを得なかった。沖縄戦は私家や個人に関わる記録をことごとく焼き尽くしてしまった。それでも、なお、沖縄の今を書くには、どうしても、「琉球処分」まで時間を遡《さかのぼ》らなければ、「お・き・な・わ」の実相が見えてこないからである。

「琉球処分」時の第十四世伊波興來《こうらい》は、大和政府に逆らい、公職と社会的地位を捨てた。私の祖父興用は、父から一切の大和政府につながる公職に就くことを禁じられ、身に修めた漢学は、過去の学問として活用する場を奪われてしまった。その結果、生きる座標軸を見失い、酒に酔い痴れることで、人生の道探しを捨ててしまった……。

私の父である第十六世興光《こうこう》たち兄弟姉妹は、祖父興用の借金や酒の飲み代《しろ》に、身売り（年季奉公。一定年度、下男や下女として従事すること）され、学業の機会は充分に与えられなかった。

いかに祖父の身に降りかかった過酷な試練や、時代という条件を差し引いても、私が文章で描く祖父は、何故か突き放したような、冷やかな表現が連なっていく。何度も息継ぎをしなければキーボードの手が止まってしまう。パソコン画面の文章を読み返すと、無念を抱えたまま心の闇に沈んでいく祖父の姿が浮かび、つい、目が滲《にじ》んでくる。

亡父母の興光とウシとも、ひらかな、カタカナと氏名と住所などのわずかな漢字が書けるだけの無学のまま生涯を終えたが、懸命に生き抜く姿で人生への立ち向かい方を、近隣者やわが家に出入りする人たちとの誠実な交わり方で人倫《じんりん》（人間の実践すべき道義）の尊厳を、子どもたちに教えた。母からは楽天性を、父からは頑固という気質を私たちは受け継いだ。その上、父は三線《さんしん》の音と歌を通じて、感性の宝物まで与えてくれた。

一八七九（明治一二）年の「琉球処分」は、本土における国家統合過程の「廃藩置県」とは、その本質において全く違う過程をとることになる。本来、国家統合の第一目的は、国家権力を一点に集中して領土・領国民内を統合することにある。ところが、明治政府は琉球に関して「琉球処分」直後の一八八〇年、欧米諸国並みの通商権益を得ることを条件に、日清修好条規（一八七一年締結）の増約と「宮古・八重山諸島の分島・改約案」を清国に提案した。

そして、一九四五年の沖縄戦では、住民を巻き込んだ激しい地上戦によって、多くの生命が奪われた。それも、本土防衛・国体護持のための時間稼ぎの〝捨石作戦〟にすぎなかったことが、後年大本営資料等で明らかになった。——敗走時の軍隊は自国民さえ棄民する——。このことは、太平洋戦争時の日本軍が証明していることだが、とくに、沖縄住民への「自国軍」からの略奪や集団死の強制、スパイ容疑による虐殺などの体験は、沖縄の人たちに深い傷跡となって刻みこまれている。

太平洋戦争後の一九五二（昭和二七）年、日本国はサンフランシスコ平和条約で独立を回復するが、同条約第三条の施政権譲渡により、南西諸島（琉球諸島と大東諸島を含む）と小笠原諸島は日本国から分離され、沖縄はその後、二七年間もの長い間、米軍の施政権下で苦難の歴史を歩むことになる。なお沖縄では、平和条約が発効した四月二八日を「屈辱の日」（苦難の歴史の原点の日）と呼んでいる。

一九七二（昭和四七）年、沖縄県民が待ち望んでいた「祖国復帰」は実現することになるが、謳われていた「本土並み返還」の裏には、ニクソン・アメリカ大統領と佐藤栄作総理大臣が署名する、米軍による沖縄基地の自由使用と核兵器持ち込みの密約文書が存在していた。そのことは、沖縄返還交渉のアメリカ側との事前交渉の任にあたった、佐藤総理の密使役を務めた若泉敬著『他策ナカリシヲ信ゼント欲ス』（文藝春秋社、一九九四年）で明らかにされることとなった。

私たちがあれほど待ち望んでいた「祖国復帰」の到達点が、こんなことだったとは……。

これらの歴史的経過と歴史事実を振り返ると、日本国政府にとっての「沖縄」の位置づけは、従属的な地域社会という認識で一貫しており、いつでも必要な時に捨て石にできる国土と国民であった。

このようなウチナーンチュ（沖縄人《うちなー》）の心奥に沈殿している負の記憶!! この被差別意識は、沖縄の現況によってますます強められるばかりである。近世・近代沖縄の一三〇余年を振り返ると、どうしても「国家」とは一体、どのような意味を持つ存在なのか？ という命題に向き合わざるを得ない。それは、主体的な選択を与えられることなく歴史に翻弄され、歴史に押しつぶされながら、今日に至っている沖縄の特殊な歴史経緯に起因している。

こうしたことは、今日の基地問題によって、ますます強められるばかりである。

「国家」とは何か、「わが祖国」とは？ この疑問が強まれば強まるほど、ウチナーンチュの私たちは、「島惑い」（故郷沖縄《うちなー》の行く先を見失うこと）と、その先の「国惑い」（閉塞した時代、混迷する時代の中のこの国）に向き合わざるを得なくなっていく。

昨年（二〇一二年）の一一月、私は首里城と沖縄本島北部に位置する今帰仁《なきじん》城跡の石段を踏みしめる機会があった。

沖縄戦時、首里城地下に沖縄防衛軍陸軍第三十二軍司令壕が設置されていたこともあり、王宮一帯は米軍の猛攻撃を受け、地上の琉球王国の史跡と文化遺産、周辺部の一木一草にいたるすべてが消滅してしまった。今、我々が目にしている首里城の城門、城壁、石畳、そして、地上楼閣のすべてが再建されたものである。再建された壮麗な首里城への石畳みを、わが先祖第十四世の伊波興來《いはこうらい》の無念をたぐりながら、一歩、また一歩と、足を運んだ。奉神門《ほうしんもん》をくぐる。御庭《うなー》に立ち蜃気楼にも似た首里城正殿を見据えていると、王宮全体の色調になっているベンガラ色は、琉球の悲嘆の色を象徴しているかのようにも私には見えた。

その翌日、城壁のみが組み直され、それがかえってある風格さえ覚える、沖縄北部にある今帰《なき》仁城跡《じんじょうし》の石段を登る足どりは、城攻めした側の末裔の後ろめたさなのだろうか重かった。

亡父は「泊《とまり》士族雍姓《ようせい》伊波一族は、決して、今帰仁城跡には足を踏み入れてはならない。城内に浮遊している怨霊が憑《と》りついてくる」と、子どもたちにはその謂《いわ》れを伝えることなく厳命していたことからすると、一四一六（永楽一四）年、第一尚氏王統尚巴志《しょうはし》によって山北王攀安知《さんぼくおうはんあんち》は滅ぼされたが、わが先祖はこの城攻めの大軍の中にいたに違いない。

私は今帰仁城の石段を上りつめ、城内最頂部にある最も神聖な地といわれる御獄《うたき》の御内原《うーちばる》で、心を鎮《しず》め手を合わせた。そして、今帰仁城の眼下に広がる東シナ海を見下ろしながら、故郷の今を重ねて想いをめぐらせていた。冬の東シナ海にしては珍しく白波はなく凪《な》いでいた。かつて、この海を通じて近隣アジア諸国から文化や技術が伝えられ、そして、あらゆる交易品が行き来し、交誼《こうぎ》を求める人たちの往来があったであろう。

こうして、私は琉球を代表する二つの城址に立った。縁族を意識しながらその地に立つと、歴史をたどる感興さえも違って感じられるから不思議である。首里城では城を追われる琉球王尚《しょう》泰王《たいおう》の嘆息が、今帰仁城では亡ぼされた山北王攀安知《さんぼくおうはんあんち》の悲鳴が耳に届いた気がした……。

年が改まった本年二〇一三年一月一八日、所用もあり、私は再び沖縄に帰った。どうしてもという思いから、わずか半日であったが、私は普天間飛行場野嵩《のだけ》ゲート前で抗議の列に加わった。頭上をMV-22オスプレイ、CH-46Eヘリ、KC-130空中給油兼輸送機が、すさまじい爆音を上げて飛び立った。これが沖縄の日常である。身もだえしながら悲鳴を上げている故郷の姿に、わが身に鞭が振り下ろされている気がした。

故郷を離れているウチナーンチュ（沖縄人《うちなー》）の私には、基地ゲートを出入りする米軍車両に「NO OSPREY　NO BASE」のプラカードを、突きつけることしかできない。

東シナ海海域は、今、尖閣列島問題や竹島問題をめぐって騒擾の波が逆巻いている。昨年末の総選挙で、アメリカを恃《たの》みにしながら、わが国を「国防軍」で守り、集団的自衛権を行使できる国にし、憲法改正まで取り組むと主張する政権が誕生した。

澄み渡った空をジェット戦闘機が切り裂き、「いくさ世」に備える星条旗と日章旗が翻っている風景を見ていると、これからの沖縄の未来はどうなるのか？　胸がしめつけられる思いが募ってくる。

沖縄で生活している人たちが、昼夜を問わず襲われているジェット戦闘機やオスプレイの殺人的な騒音は、遠く離れた東京で「領土・領海・領空」とかを声高に叫んでいる政治家たちには、聞こえることはなく、沖縄の苦しみや痛みは届かないであろう。ましてや、わが家族の婦女子の尊厳がアメリカ兵に凌辱《りょうじょく》される不安もない。なぜなら、私も含めて遠いヤマトという地で「平和」という枕を抱えて安眠できる日々をすごしているからである。

多くの日本国民にとっては、沖縄は所詮、碧い海、青い空の「癒しの島」にすぎず、沖縄で暮らす人たちの日常生活を脅かしている基地問題を実感することもない。観光地として訪れる沖縄で、非日常のバカンスを満喫して、数泊後にはそれぞれの生活の場に戻って行く。

かつて戦火にすべてのものが奪いつくされたあの時から、間もなく七〇年を迎えようとしているのに、わが故郷の沖縄は、未だに平和に暮らせる人間の島を取りもどすことができていない。今、私の心の中に、新たな迷いが頭をもたげ始めている。果たして、わが故郷の沖縄にとって、日本国は「祖国」と呼ぶのにふさわしい国だったのだろうか？　と。

厳しい冬の季節に閉ざされていた信州でも、やがて、春になれば山野は一斉に芽吹きの季節を迎える。だから、人智を信じて心待ちすることにしよう。いつの日か、ウチナーンチュ（沖縄人《うちなー》）が、必ずや歓喜の声を上げる日が来るであろうと!!

「彼ほど沖縄を識《し》った人はいない　彼ほど沖縄を愛した人はいない　彼ほど沖縄を憂えた人はいない　彼は識った為に愛し　愛した為に憂えた　彼は学者であり愛郷者であり予言者でもあった」（浦添市仲間・伊波普猷顕彰碑文）

言語学者、歴史・民俗学者であり、文学者で「おもろと沖縄学の父」と呼ばれた伊波普猷の心の叫びから発せられた「島惑ひ」の言葉は、今の私の想いそのものである。先達の苦悩が込められた言葉「島惑ひ」を、かってながら、この本の表題に援用させていただいた由縁はこのことによった。

さらに、この本を書き綴っていた昨年の一一月二〇日、「沖縄学の父」伊波普猷の祖述者、後継者であった沖縄学研究所所長、沖縄古謡「おもろさうし」研究者の外間守善氏の訃報が伝えられた。私は構想がまとまらず文章が先に進まない時、『おもろさうし』（外間守善・西郷信綱校注「日本思想体系」18　岩波書店）のページをめくり、幾度も琉球の息吹を読み取る手助けを受けた。なお、編集部から提案された主題名となる普猷の苦衷を表現した「島惑ひ」という言葉を「島を見失うこと」と意味付けし、概念化されたのは外間氏であった。併せて、このことを特記して敬意を表したい。

本書の執筆にあたり、近・現代の琉球沖縄の歴史を振り返り、この国の有様《ありよう》と沖縄の行く末《すえ》を見定めようとする作業を手伝ってくださった人文書館の道川文夫氏、なによりも言葉と文字が伝える重さを気づかせつづけてくれた編集スタッフの田中美穂さん、多賀谷典子さん、道川龍太郎さんに、心から御礼を申しあげます。

人の縁とはまことに不思議なもので、表紙絵を飾る「やんばるの絵師」桑江良健氏と人形劇団「かじまやぁ」代表桑江純子さん御夫妻とは旧知の間柄である。この度の御厚情に感謝をいたします。人の出逢いは、疑いもなく天からの心配りが働いている。

この「島惑ひ」の書を、昨年の八月に亡くなった義兄久保裕氏（享年八五）に捧げます。裕兄は、私をハンセン病療養所沖縄愛楽園から鹿児島に渡航する乗船切符とパスポートの手配をし、私に新しい人生の道を用意してくれた恩人でした。合掌。

最後に、もう一言。島惑ひをしながら、そして国に惑いながら琉球沖縄に生きた、あるいは生き続ける「小さき者〈普通の民〉の声」を仄かにお伝えすることで、日本国のどこにいようが、いわゆる「沖縄問題」を考えるきっかけになる言付《ことづ》けになってくれれば、筆者にとって、これにすぐる喜びはない。

二〇一三年　早春

伊波敏男

薄氷《うすらひ》や濁世の朝なお眩《まぶ》し

伊波敏男 ◉いは・としお

1943（昭和18）年、沖縄県生まれ。作家。人権教育研究家。長野大学客員教授。

ハンセン病療養施設「沖縄愛楽園」、鹿児島県の国立療養所「星塚敬愛園」を経て、
1961（昭和36）年、岡山県の「県立邑久高等学校新良田教室」に入学。

その後、東京の中央労働学院で学び、社会福祉法人東京コロニーに入所。

1993（平成５）年より約３年間、東京コロニーおよび社団法人ゼンコロ常務理事を務める。

1997（平成９）年、自らの半生の記『花に逢はん』（NHK 出版）を上梓、
同年12月、第18回沖縄タイムス出版文化賞を受賞。

ついで、『夏椿、そして』（NHK 出版）を著し、ハンセン病文学を問い続ける。

2004（平成16）年より、信州沖縄塾を主宰し、塾長となる。

2007（平成19）年11月、伊波基金日本委員会を創設。

http://www.kagiyade.com/

主な著書

『ゆうなの花の季と』（人文書館 2007）
『ハンセン病を生きて―きみたちに伝えたいこと』（岩波ジュニア新書 2007）
『花に逢はん［改訂新版］』（人文書館 2007）

島惑ひ
琉球沖縄のこと

発行
二〇一三年五月一五日 初版第一刷発行
二〇一三年六月二三日 初版第二刷発行

著者 伊波敏男
発行者 道川文夫
発行所 人文書館
〒一五一-〇〇六四
東京都渋谷区上原一丁目四七番五号
電話 〇三-五四五三-二〇〇一（編集）
〇三-五四五三-二〇一一（営業）
電送 〇三-五四五三-二〇〇四
http://www.zinbun-shokan.co.jp

ブックデザイン 仁川範子
印刷・製本 信毎書籍印刷株式会社

ISBN 978-4-903174-27-3
Printed in Japan